SHODENSHA
SHINSHO

紀夫　作品に隠された自決への道

二

祥伝社新書

はじめに

三島由紀夫《みしまゆきお》の衝撃的な最期から四〇年以上の時間が経過したが、その死は決して現在においても風化せず、一層雄弁に物語りつづけているようである。

三島の文学や死を論じた著作、論考は途切れることなく世に送り出され、その営為の意味が繰り返し問われている。第一章で詳しく見るように、はじめ文学者の命がけのロマンチシズムの表現として受け取られ、そこに非日常的な〈美〉を追求した作家の面目が捉えられていた自決は、時間を追うにつれて、経済成長に浮かれる戦後日本への叱咤《しった》であったことが明瞭になっていった。

三島はその自決の年に日本が「無機的な、からつぽな、ニュートラルな、中間色の、富裕な、抜目がない、或る経済的大国」(「果たし得てゐない約束――私の中の二十五年」一九七〇)に成り下がるだろうと予言したが、二〇一〇年代の今日においては、もはやその域にさえ及ばない国になっているのかもしれない。

その一方で同じエッセイで三島がもらした「「日本」はなくなつてしまふのではないか」という危惧は、国家主義への傾斜が過剰に警戒されつづけた戦後においては封印されがちなものであったが、現在の日本が、政治的にも文化的にもその個性や同一性を外の世界に向けて十分に発信している状況であるとは到底いい難《がた》い。

こうした自国の向かう先を的確に見通す〈予言者〉的な側面は、優れた作家にしばしば見出される。夏目漱石《なつめそうせき》にしても、『三四郎』(一九〇八)の序盤で、「広田先生」に日本が早晩「亡《ほろ》びるね」と言わせたが、三七年後の太平洋戦争での敗戦によってその言葉は現実のものとなった。しかもそれは偶然の結果ではなく、この時点で日露戦争後の帝国主義的な拡張が止まないことを認識していた漱石は、それがいずれ日本を破綻《はたん》に追い込むことを察知していた。

時代の空気を摑み、さらにその流れを感じ取るのは、読み手の心を広く捉える文学作品を生み出す前提的な条件であり、それを達成しうる作家がこうした資質を備えているのは当然でもある。そのなかでも漱石と三島は際立った存在であったといえるだろう。彼らの作品を読むことで、同時代の日本の姿を知ることができるだけでなく、その後の展開さえも見て取られることが少なくないのである。

漱石については、本新書での前著である『村上春樹と夏目漱石——二人の国民作家の描いた〈日本〉』(二〇一一)で、村上春樹《むらかみはるき》との比較のなかで詳しく述べたが、時代の相貌《そうぼう》とその行方を察知し、表現する側面については、村上にもやはり見出されながら、むしろ三島の方にそれが強く備わっていることを感じていた。

村上春樹は三島も生きた、学園紛争などに揺れる六〇年代末の騒乱の時代に自身の起点を求める作家であり、その点では過去志向的な面をもっている。その面は三島にも見られるが、両者の差違は、三島が憧れた古代ギリシャや日本の神話的時代が、現実批判のための虚構的な装置であったのに対して、村上にとっての六〇年代末が、情念的な時代としてみずから生き、しかも時間の経過とともにあらためて執着を覚えるに至った場であるということだろう。そうした過去志向は『海辺のカフカ』（二〇〇二）などに顕著だが、それに伴って村上の批判意識は日本が辿《たど》ってきた歴史に向けられがちである。

村上春樹と比べると三島の現実批判の姿勢ははるかに苛烈《かれつ》で、自身が身を置く今現在の社会に向けられている。

それにしても三島は、なぜ一九七〇（昭和四十五）年十一月二十五日に、自衛隊の駐屯地《ちゆうとんち》に乱入し、自決するという方法でその生を閉じたのだろうか。自衛隊に託して自国の現況への批判をおこなうことがそこで目指されていたにしても、それはあまりに過剰で突飛《とつぴ》な方法ではないだろうか。

おそらくそこには、国としての同一性をなおざりにして経済的発展にのみ精力を注いでいるように映る日本への批判にとどまらない要素が含まれていた。それは日本という国の核として見なされた〈天皇〉への、明確な否認の意志である。

周知のように、三島は天皇の至上性を日本の依《よ》って立つ根拠としようとしていたが、その天皇は、「ゾルレン」（理念、理想）というドイツ語が充《あ》てられる反現実的な観念であり、生身の肉体をもった昭和天皇という個人とは区別される。三島にとって重要であったのは、いうまでもなく前者としての天皇であり、昭和天皇その人に対しては否定的な眼差しを向けていた。

戦前、戦中の体制においては〈神〉として位置づけられていた天皇は、終戦後「人間宣言」によって〈神〉ではなくなり、戦後憲法において「象徴」という曖昧《あいまい》な位置でその生を長らえていった。しかし三島が欲したものはあくまでも〈神〉としての天皇であり、しかも昭和天皇自身がその位置に復帰することはもはやありえなかった。そこで三島が最終的に目論《もくろ》んだものは、みずからが〈神〉となることであり、そのための手立てが一九七〇年十一月二十五日の行為にほかならなかった。

その決断はさほど早い段階でなされたのではないが、そこに至る文脈は、行動家としての振る舞いや言動においてだけでなく、作家としての三島の営《いとな》みから十分読み取られる。その膨大な作品の堆積自体が、三島の最期に至る軌跡を映し出しているのである。

三島の過激な肉体行動と華麗な言語表現は、ともにその特異な精神の表現の場として結び合わされている。そのダイナミズムを捉え、現実の天皇を否認しつつ〈神〉として現世を離脱するに至る三島の姿を浮かび上がらせることが本書の企図するものである。

三島の作品の引用は新潮社『決定版（新版）三島由紀夫全集』（二〇〇一～二〇〇五）による。なお一部は旧版全集、単行本等によっていることをお断りしたい。

二〇一二年十月

柴田《しばた》 勝二《しょうじ》

目次

第四章　不在の家長たち――『鏡子の家』と〈天皇〉の表象

第一章

三島の自決はどう捉えられてきたか

――否定から共感へ

自決の日

一九七〇（昭和四十五）年十一月二十五日正午前、自衛隊市《いち》ヶ谷《がや》駐屯地一号館の二階バルコニーで、三島由紀夫は広場に集まった約八〇〇名の自衛隊員たちに向けて叫びつづけていた。

それは本来は〈演説〉であるべきものであったが、上空を報道のヘリコプターが数機舞っていることもあって、マイクなしに発される言葉は十分相手に届かなかった。また聞き取られた言葉に対しても、与えられるのは「バカヤロー」「わけが分からんぞ」「引きずり下ろせ」といったヤジだけであった。それに対抗して三島は「おまえら聞けエ、聞けエ、静かにせい」といった注意喚起の叫びを交《まじ》えつつ、一層声高に言葉を発しつづけた。

この日の午前一一時前に、三島由紀夫はみずからが率いる私兵組織「楯《たて》の会」のメンバー四人とともにカーキ色の制服に身を包み、優秀な隊員を紹介するという名目で市ヶ谷駐屯地を訪れた。三島は総監室で持参した日本刀を話題に総監・益田兼利《ましたかねとし》としばらく言葉を交わした後、刀を鞘《さや》に収めると、それが合図であったかのように突然メンバーが益田の首を絞め、口をふさぎ、さらに細引きで手足を縛った上に、日本手拭いで猿ぐつわを噛《か》ませ、自由を奪い取った。異常を察知した幕僚八名が総監室に入ったものの、三島たちは日本刀や椅子、特

1970年11月25日、自衛隊市ヶ谷駐屯地で演説する三島由紀夫
（提供　朝日新聞社）

殊警棒を振り回すなどして応戦し、益田総監を解放しなかった。

三島は総監を人質として、自衛隊員を一号館前の広場に集め、自分が演説をおこなうことを要求し、それが実現されることになった。バルコニーでなされる演説と同内容の檄文《げきぶん》をメンバーが自衛隊員たちに配布し、三島は「七生報國《しちしょうほうこく》」の鉢巻きをしてバルコニーに立ち、隊員たちに訴え始めた。

三島が二階バルコニーから自衛隊員たちに対しておこなっていたのは、〈決起〉への促しであった。三島は「今日本人がだ、ここでもって立ち上がらなければ、自衛隊が立ち上がらなきゃ、憲法改正っていうものはないんだよ」と訴え、〈決起〉によって本来「違憲」である自衛隊を正当化する行動に出る必要に差し迫られていることを力説した。

三島の主張によれば、「憲法改正」の最後の機会となったのは、一九六九（昭和四十四）年十月二十一日の「国際反戦デー」であったが、この日のデモが自衛隊の出動を求めることなく機動隊によって鎮圧されることで、これ以降、自衛隊は自身を「違憲」と規定している憲法を「改正」するのではなく「守る軍隊」となり、「自衛隊が二十年間、血と涙で待った憲法改正ってものの機会はないんだ。もうそれは政治プログラムからはずされたんだ」という状況が到来してしまったのだった。

もちろん三島の主張に理解を示す隊員の声はなく、「諸君のなかに、一人でも俺と一緒に立つ奴はいないのか」という請願に対しても否定のヤジしか返ってこなかった。その反応を見極めたように三島は「これで、俺の自衛隊に対する夢はなくなったんだ。それではここで、俺は天皇陛下万歳を叫ぶ」と叫んだ後、三唱によってそれを実行し、午前に乱入した総監室に戻っていった。

そして益田総監に「恨みはありません。自衛隊を天皇にお返しするためです」と言うと、正座して左脇腹に短刀を突き立てた。「楯の会」の四人のメンバーの一人である森田必勝《もりたまさかつ》が介錯《かいしゃく》しようとしたが、森田の刀は三度三島の首を打ちながら落とすことができず、メンバーの古賀正義《こがまさよし》が最終的に三島の首を落とした。森田も三島につづいて割腹し、古賀の介錯によって絶命した。

報道は事件をどう伝えたか

この事件は内外に大きな衝撃をもたらした。事件を知った当時の佐藤栄作《さとうえいさく》首相は「気が狂ったのか」という感想をもらし、中曽根康弘《なかそねやすひろ》防衛庁長官は「民主的な秩序をくずすもの」であり「徹底的に糾弾しなければならない」と批判した。外国では国際的な名声をもつ作家の異常な行動に一様に驚きを示し、日本の右傾化を憂慮する声が上げられた。

事件の翌日の二十六日朝刊の紙面に掲載された作家、評論家の論評は、さすがにそれほど素朴な反応を示しておらず、その多くは三島独特のロマン的世界がそのまま現実化してしまったという印象を語っている。

『毎日新聞』の一面に掲載された司馬《しば》遼太郎《りょうたろう》の「異常な三島事件に接して」と題された論評はその典型的なものである。司馬は自身の思想を現実化した先行者として吉田《よしだ》松陰《しょういん》を挙げ、「知行合一《ちこうごういつ》」の狂的な実践の果てに、あらかじめ想定されていた刑死に向かって直進していった人物として松陰の輪郭《りんかく》を素描している。その上で司馬は三島の行動を取り上げて、三島にとってはむしろ「美」が「思想」に相当し、その死は「美という天上のものと政治という地上のものを一つのものにする衝動」による結果であるとしている。

『朝日新聞』における武田《たけだ》泰淳《たいじゅん》、江藤《えとう》淳《じゅん》、市井《いちい》三郎《さぶろう》による座談会では、作品に描かれる虚構の行動と現実行動の境目が、三島において次第に曖昧になっていったことが共通して指摘されている。武田泰淳は「普通、作家というものは行動と作品が一致しないからこそ作品が出てくる」のに対して、三島の場合には「切腹の映画をやったからには切腹するのであるという固定観念が彼の中にあったと思う」と語っている。

江藤淳は「最近の数年三島さんは作品の世界で燃焼するよりは、作品の世界と行動の世界とに分裂しはじめて、そしてやり場のないいらだちのようなもの、今度の檄文に表れているようなものを、直接の行動——社会的な行動、政治的な論議というようなことの方に移して行ったのではないか」と推察し、結論として「三島さんは、あくまで作家個人の運命を追求して、このような結果をとげたと思う」という見方を示していた。

思想史家の橋川文三《はしかわぶんぞう》は晩年の三島の天皇観を批判した言説でも知られるが、『朝日新聞』二十六日夕刊に掲載された「狂い死の思想」というエッセイでは、三島が「死に至る病」としての「ノスタルジア（郷愁）」に捉えられつづけていたという想定から、狂気に駆られるように安田《やすだ》財閥の長である安田善治郎《ぜんじろう》を暗殺した朝日平吾《あさひへいご》や、原敬《はらたかし》首相を暗殺した中岡艮一《なかおかこんいち》らといった、無名のテロリストたちの行為に三島の行為をなぞらえている。橋川は「美学の完結」という見方に与《くみ》さない立場を語っているものの、三島が戦後養いつづけたという「狂い死」への誘惑は、やはり他者には理解し難いロマンチシズムの形であろう。

こうした評価には、いずれも三島の行動の動力として、自己完結的なロマンチシズムを想定しながら、それを純粋に美的な次元で捉えるか、あるいは政治的な動機を重視するかという差違が見られる。司馬や武田の見方は前者であり、江藤や橋川は三島の政治的志向を明確に把握しているわけではないものの、後者の地平にその死への志向を置こうとしていた。

社会に対する批判か、自己満足のロマンチシズムか

事件直後に出た新聞各紙における評価につづいて、各雑誌でも翌年にかけて「三島事件」の特集が組まれ、やや長い論評が掲載されている。そこでも基本的な論調は、三島が自己完結的なロマンチシズムを、他人を巻き込む形で現実化したということであり、その上で今新聞紙上の論評について眺めたのと同様の差違が論者間で示されている。

そのロマンチシズムを美的な次元に限定して論じているのが、『新潮』一九七一年二月号に掲載された野口武彦《のぐちたけひこ》の「三島文学の宿命」である。ここで野口は三島の最期を、「文学的主題としてのエンジェル・コンプレックス、あるいは恩寵《おんちょう》としての「美」の問題」という「一つの関心事」に貫かれた、それまでの文学的営為の帰結としてもたらされたという立場を取っている。三島が現実世界と交わろうとする時に、その行動が功利性を消し去った「直接行動」あるいは「純粋行動」という美的な表現とならざるをえなかったという見方である。

『新潮』の同じ号に載った澁澤龍彦《しぶさわたつひこ》のエッセイ「絶対を垣間見《かいまみ》んとして」においても、三島

が「右とかかいった限定なしの、絶対追求者としての過激派」であるとされ、「絶対の階梯をのぼりつめ、めくるめく虚無の真直中にダイヴィングする」ことがその最後の行為であったとされている。それは日本を浸す「繁栄のぬるま湯」に対する異議申し立てとしての意味をもつものであり、そのロマン的な「絶対者」への忠誠によってみずからを苦しめる「道徳的マゾヒズム」を生き抜くことが三島を死へと跳躍させたという見方が示されている。

こうした非政治的なロマンチシズムの現われとして三島の決起を捉える場合は、概して作家独自の美学の完遂として共感的に位置づけられるのに対して、それを政治的・思想的な次元から眺める論者からは否定的に評価されることが少なくない。

作家の野間宏《のまひろし》は『朝日ジャーナル』一九七〇年十二月六日号で決起の根底に「狂気」があるとし、その「狂気のなかから戦争中の思想を明確に出してこざるをえなかった」のであり、その点で三島は戦争を「通過」しきっておらず、それを「温存」しており、「その結果が今日の行動として現れた」のではないかと推察している。

野間よりもさらに批判的な評価を下したのが同じく作家の真継伸彦《まつぎのぶひこ》である。真継は野間の論評が載った翌週の『朝日ジャーナル』十二月十三日号に、「三島ロマンチシズムの自己崩壊」と題する評論を書いているが、そこで真継は三島の自決を擁護しようとする声をすべて退け、自身の頽廃《たいはい》と没落の合理化にほかならない「死への愛」という情念を現実化したものと断じている。

決起の重要な動機づけとなったのは、青年将校たちが政治の腐敗をもたらす元凶と見なす元老重臣を退けて天皇による親政を実現するべく決起し、それに対して昭和天皇が激怒して鎮圧を命じた一九三六（昭和十一）年の二・二六事件であったが、それをモチーフとする『憂国』（一九六一）、『英霊の声』（一九六六）といった諸作品についても真継は、この「あやまった情念」の表現にすぎないとしている。『文化防衛論』（一九六八）などに語られる天皇観も、絶対者への志向によって自己を支えるための手立てであり、「隙間だらけの論理」によって捏造《ねつぞう》されたものであるとされる。

もっとも三島の行為に込められた政治的な姿勢を評価する人びとも見られた。三島と近しい関係にあった林房雄《はやしふさお》の「弔辞」では、「三島君とその青年同志の諫死《かんし》は、「平和憲法」と「経済大国」という大嘘の上にあぐらをかき、この美しい――美しくあるべき日本という国を、「エコノミック・アニマル」と「フリー・ライダー」（只乗り屋）の醜悪な巣窟にして破滅の淵への地すべりを起こさせている「精神的老人たち」の惰眠をさまし、日本の地すべりそのものをくいとめる最初で最大の、貴重で有効な人柱である、と確信しております」（『新潮』一九七一・二）と述べられている。この「諫死」（いさめるための死）という見方は、三島の知己であった村松剛《むらまつたけし》によっても、武田泰淳との対話（『新潮』一九七一・一臨時増刊号）で「完全な諫死」という表現によって語られている。

総じていえば、もともと三島の知己であったり、その文学に敬意や愛着を覚える論者たちは、その行動の内側に渦巻いていた国家、社会に対する批判意識を捉えようとしており、そうした眼差しをもたない論者は、単に文学者の自己満足的なロマンチシズムの発現として葬《ほうむ》り去ろうとするという区別が見られる。これら以外の観点としては、澁澤龍彦が別の場所（『週刊現代』一九七〇・一二・一二）で指摘したような、三島の森田との同性愛的な「情死」という見方も出されていた。

眼差しの変化

ジャーナリズムに現われたこうした論評は、いずれもある程度の妥当性をもち、まったく見当違いのものはないといってよい。佐藤首相の「気が狂ったのか」という素朴な感想にしても、その行為の根底に狂気がはらまれていることは、三島自身も否定しない側面であっただろう。人間の行動自体が、その動機を一元化しえない多面性をもっていることは常識だが、三島の自決はそれまでの歩みの帰結でもあるだけに、そこに表現者としてのみならず、思想家としてあるいは生活者としての思いが投げ込まれた複雑さを帯びていることは明らかである。

その後現在に至る四〇年以上の時間の経過においても、三島の死の動機や意味が十分解明されたわけではない。しかし少なくとも自決当初にあった、真継伸彦の論に代表されるような、空虚な情念を現実化した狂気の行為といった全否定的な見解は次第に影を潜め、三島を行為に駆り立てた時代社会に対する憤《いきどお》りを理解しようとする声の方が主流をなすようになっている。

いいかえれば、三島の行為に込められた政治的なメッセージ性を積極的に評価しようとする眼差しが次第に強く浮上してきたということでもある。

たとえば『新潮』二〇〇〇（平成十二）年十一月臨時増刊号として出された『三島由紀夫没後三十年』に所収された古井由吉《ふるいよしきち》、島田雅彦《しまだまさひこ》、平野啓一郎《ひらのけいいちろう》という三人の作家による座談会では、島田は三島が「文学サイドから政治への逆転さよならホームラン的コミット、文学の革命が社会の革命になるということをどこかで信じていたのではないか」と発言している。平野も島田ほど積極的ではないものの、「純粋に戦後の状況にプロテストするという観点で政治にコミットした」可能性を想定している。

　翌二〇〇一（平成十三）年三月の『月刊日本』に掲載された西尾幹二《にしおかんじ》の長文のエッセイ「三島由紀夫の死の謎を解く」では、三島が「「状況」の消滅」「他人と世界に対する無関心の急激な広がり」「若さやロマンティシズムの目に余る喪失」といった、六〇年代から七〇年代への時代の転換を見抜く眼をもっており、それらに覆われていく時代の到来に耐えることができなくなって自決したという把握が、共産主義への信奉に揺らぎが生じ始めた当時の世界情勢への分析とともに緻密に述べられている。

　また自決当初にはほとんど見られなかった、昭和天皇個人への意識が自決の根底にあるという論が、一九八〇年代以降にむしろ目立つようになってくる。加藤典洋《かとうのりひろ》は一九九九（平成十一）年に出された『戦後的思考』（講談社）の「戦前と戦後をつなぐもの――昭和天皇vs三島由紀夫」という部で、戦後という観点から捉えられた三島の自決の意味を考察している。そこでは三島が「戦争の死者たちを「裏切った」軽薄このうえもない存在」として昭和天皇を糾弾する思いを強めていった結果が、自決という形を取ったとされている。

　すると自決に際して三島が「天皇陛下万歳」を三唱したことは矛盾のようにも映るが、加藤によればこの叫びは戦場における兵士の最後の言葉を代弁したものであり、天皇によって殺された者の立場から発されているという。戦後を「敗戦後」として捉える加藤独特の観点に立ちつつ、三島の行為を「私利私欲」に走って顧《かえり》みない戦後日本への熾烈《しれつ》な批判として、むしろ三島自身の言説に寄り添う把握がなされている。

二〇〇五（平成十七）年に刊行された、保阪正康《ほさかまさやす》と半藤一利《はんどうかずとし》、松本健一《まつもとけんいち》、原武史《はらたけし》、冨盛叡児《とみのもりえいじ》による対論集『戦争と天皇と三島由紀夫』（朝日出版社）に所収された保阪、松本の対談「二・二六事件と三島由紀夫」では、決起の背景をなす二・二六事件や、それをモチーフとする作品群に表現された三島の天皇観との関連が論じられている。

ここでは主に松本が提言をおこない、それに対してホスト役の保阪が自身の考えを述べていくという形で議論が進んでいるが、松本は三島が信奉したのは「美しい天皇」であり、「政治的な概念としての天皇」ではないことを強調している。

二・二六事件について、三島が「何か偉大な神が死んだのだつた」（「二・二六事件と私」一九六六）という感慨を覚えたのも、そこで天皇が「神」としてではなく、理性的、政治的な統治者として振る舞ったからであり、さらに戦後の「人間宣言」によって「神」でなくなることによって、一層「美しい天皇」との乖離《かいり》を生じさせることになった。こうした松本の見解に対して保阪も「三島さんのなかにある絶望感は、もちろん戦後の象徴天皇の姿にあるわけですね」と共感を示している。

この対談で語られている内容は、両者がそれぞれに刊行している論考の精髄を抽出したものである。松本は『三島由紀夫亡命伝説』（河出書房新社、一九八七）、『三島由紀夫の二・二六事件』（文春新書、二〇〇五）などで、保阪は『三島由紀夫と楯の会事件』（角川文庫、二〇〇一）において、三島の死に至る軌跡を綿密に考察している。

対談で述べているように、松本は戦後の「人間天皇」に対する嫌悪感を高めることで、「美しい天皇」の像とともに現実世界からの「亡命」を決意したという把握を示しており、保阪は決起を「楯の会事件」と捉える前提から、三島がメンバーとともに市ヶ谷駐屯地に乱入するまでを実録的に描出しつつ、経済的繁栄に浸りきって精神的な自律性を失おうとしている日本に対する三島の絶望を見ようとしていた。

自決への道のりを作品から読み解く

こうした論調の変化が生じてきたのは、三島の決起が当初は傷害を伴う公務執行妨害という〈犯罪事件〉として扱われ、また民主主義に対する破壊的な挑戦として捉えられたために、そうした反社会的行為を確信犯的におこなう主体として三島が眺められたことにもよっている。しかし時間の経過とともに〈時代錯誤のファナティックなロマン主義者〉といった像は次第に後退していき、前項で挙げたように、その根底にあった時代社会への批判意識が浮上してくることになった。

「はじめに」でも引用したように、三島は決起の四カ月前の七月に発表された随想「果たし得てゐない約束――私の中の二十五年」（一九七〇）に「このまま行つたら「日本」はなくなつてしまふのではないかといふ感を日ましに深くする。日本はなくなつて、その代はりに、無機的な、からつぽな、ニュートラルな、中間色の、富裕な、抜目がない、或る経済的大国が極東の一角に残るのであらう」と記している。

この三島の予測のうち、否定的な面は現実のものとなり、肯定的な面はいったん実現されたものの、その後崩壊の道を辿ることになったといえるだろう。二十一世紀に入って一〇年以上を経過した現在においては、「富裕な、抜目がない、或る経済的大国」の位置さえも失おうとしており、三島が描いたよりも悲観的な状況のなかに自国が置かれていることを多くの日本人が感じ取っている。

「民主主義」への信奉の下に経済大国への道を進んでいた一九七〇（昭和四十五）年の状況下では、容易に否定されえた三島の行為が、次第に予言的な警鐘として受け取られるようになってきたのである。

一方、自決の衝撃が薄らぐとともに、あらためて三島の創作家としての個性に対して批評的な眼差しが注がれることになった。決起への考察をとりあえず留保する形で、少年時から積み重ねられていった膨大な表現の営みに取り組もうとする論考が次々と出されていった。それらは必要に応じて、今後の章において参照、言及することとし、ここで列挙することはしないが、三島を狂的な右翼思想家ではなく、言葉を武器として戦後の時空に自己を位置づけようとした一人の文学者として理解する上で、貴重な意味をもつものが少なくない。

にもかかわらず、三島の一九七〇年十一月二十五日における決起と自死は、今なお解かれるべき謎として存在しているだろう。三島の表現者としての営みは、やはりこの時点に収《しゅう》斂《れん》されていく性格をもち、またその営みを参照することで、最後の行為の意味があらためて明確にされる側面が存在しているからである。

しかし、これまで膨大な言説が三島の文学と死に至る生涯について重ねられながら、表現者としての営為と、自身の生を荒々しく断ち切った行為との有機的な関係は、未《いま》だ十分に追求されていないと思われる。

自決に至る足取りを焦点化した論考においても、作品内容にはもちろん眼を向けられているが、自決の心理を跡付ける部分が断片的に引用されることが多く、逆に作品を批評的に論じた論考では、それらの営為を残した作者がなぜ自決に導かれたのかにはさほど強い光が当てられていない。

本書では、三島の自決に至る鍵はそれまでの作品の積み重ねのなかに潜んでおり、個々の作品の分析によってその必然性が洗い出されるという方向性を取ることにする。一九七〇年十一月の行為は、それまでの文学者としての営為を裏切る形で生起しているのではなく、むしろその帰結としての因果性のなかにもたらされているのである。

分裂した天皇観

そうした方向性を取る場合、重要な柱をなすのは、やはり〈日本〉という自国と、それを象徴する存在としての〈天皇〉に対する三島の意識の変容である。それが多くの作品の主題的内容の推移と照応しているが、見逃せないのはこれまでも指摘されているように、晩年の三島が昭和天皇に対してある種の憤りを抱いていたことだ。

松本健一は『英霊の声』（一九六六）に語られた、天皇に裏切られた者としての二・二六事件の決起者や特攻隊員の「ルサンチマン（怨嗟《えんさ》）」の声が、三島自身の天皇観が託されたものと見なしている（『三島由紀夫の二・二六事件』）。また松本が保阪正康との対談で言及するように、磯田光一《いそだこういち》は『新潮』一九八六年八月号での島田雅彦との対談「模造文化の時代」で、三島が「本当は宮中で昭和天皇を殺して死にたかった」という心中をもらしていたという発言をしている。

一九六九年の東大全共闘との討論においても、三島は「いまの天皇は非常に私の考える天皇ではいらっしゃらない」（傍点原文）と明言し、自分の考える天皇がそもそも統治的天皇ではなく「神《かん》ながらの天皇」であることを強調している（『討論 三島由紀夫vs東大全共闘』新潮社、一九六九）。それゆえ「人間宣言」以前に、二・二六事件で「統治的」に、すなわち〈非・神〉的に振る舞った昭和天皇に対する失望を、『英霊の声』における決起者の輪郭に込めようとしたのだった。また晩年の古林尚《ふるばやしたかし》との対談（『三島由紀夫　最後の言葉』一九七〇）でも、三島は「ぼくは、むしろ天皇個人にたいして反感をもっているんです」と明言している。

こうした三島の心情を忖度《そんたく》すれば、自決に臨んで最後に口にした言葉が「天皇陛下万歳」であるのは不思議でもあることになる。それについて加藤典洋は、この言葉の主体を三島個人よりも、戦場で死んでいく兵士に重ねようとしたわけだが、この時点での三島が、戦争時の犠牲者全般を意識し、その思いを代弁しようとしていたとは思い難い。

むしろ最後の「万歳」と内心での否定に見られる分裂は、松本健一のいう「美しい天皇」と「人間天皇」の乖離が現われたものと考えるのが自然であろう。しかしその乖離の指摘だけでは、なぜ三島が自衛隊を叱咤し、決起への促しが拒まれた後で割腹自殺を遂げなくてはならなかったのかを解明しえない。

その行為の基底に、物質的な富裕を達成することに専心しつづけた戦後日本への批判があることは疑えないが、最後の行動において、決起への促しに応《こた》えようとしない自衛隊員たちを叱咤しつつ、それを隠れ蓑《みの》としてその指弾が実は昭和天皇に向けられていた可能性もあるのである。

それは屈折した、また大胆な天皇批判だが、そこに至る経緯はすでに三島の内に積み重ねられていた。それはとくに三島が三十代にさしかかろうとする一九五〇年代半ば以降の作品群から、明瞭に汲《く》み取られるものである。以下の章では、この時期以降の作品への分析を試みつつ、そこに次第に浮上してくる三島の〈日本〉と〈天皇〉への批判意識を明確化していくことにしたい。

第二章

物語を動かす「他動的な力」

――『潮騒』における日本回帰

だろうか。

三島が〈日本〉に目を向けたのはいつか

三島由紀夫が〈日本〉や〈天皇〉の問題に向き合い始めるのは、どの時点からであったのだろうか。

それを中心的な主題として考察した宮崎正弘《みやざきまさひろ》の『三島由紀夫はいかにして日本回帰したのか』（清流出版、二〇〇〇）では、剣道部の主将として剣道に打ち込みながら、部の規則を破って部員たちが水泳をしたことに責任を取って突然自殺してしまう青年を描いた『剣』（一九六三）や、洋装店を経営する母の情人となって、海の生活を捨ててしまう二等航海士を仲間と処刑する少年を主人公とする『午後の曳航』（一九六三）などが書かれた一九六三（昭和三十八）年に、三島の「日本回帰は顕現する」とされる。

確かに三島が三十代後半であった一九六〇年代前半から、日本人としての精神を問う作品や評論が多く書かれるようになり、それを「日本回帰」の「顕現」とすることはできる。しかし逆に見れば、それは誰の眼にも捉えられる表層的な変容でしかないともいえる。こうした言説が現われる時点では、三島の内で戦後日本に対する批判的な姿勢はすでに明確化されており、その意識が醸成されるに至る過程を捉えることが、その最期に至る精神の軌跡を浮かび上がらせることになるはずである。

三島由紀夫において〈日本〉が大きな比重を占めていた最初の時期として挙げられるのは、戦時下で送られていた十代の少年期である。早熟な文学少年として内外の文学に親しんでいた三島にとって、日本の古典文学はつねに身近にあったものであり、そこから自身の創作のための養分を吸収していた。

なかでも十代後半に三島が耽溺《たんでき》していたのは能の脚本である謡曲の世界であり、「日本浪曼派」の中心人物であった保田與重郎《やすだよじゅうろう》を訪問した際に「保田さんは謡曲の文体をどう思はれますか」と質問して、通り一遍の返答しかもらえなかったことに失望した挿話が『私の遍歴時代』（一九六三）に記されている。またこのエッセイによれば、戦争末期には「自分を室町の足利義尚《あしかがよしひさ》将軍と同一化し、いつ赤紙で中断されるかもしれぬ「最後の」小説、「中世」を書きはじめた」のだった。

周知のように、三島は召集令状を受け取り、当時本籍のあった兵庫県で入隊検査を受けるものの、医師に胸膜炎と誤診されることで即日帰郷となった。それによって生活者、表現者としての生が持続されることになったが、『私の遍歴時代』に「戦時の私は、かくて自分の感受性にだけ縋《すが》って暮らしてゐた」と記されるように、十代から二十代にかけての三島が中世文学を中心とする日本古典の世界に耽溺していたのは、ナショナリズムの発露というよりも、自身の終末意識に見合う世界としてそれが選ばれた結果であった。三島の関心は当然そこにとどまらず、ワイルド、ラディゲ、コクトーといった西洋の作家にも向けられ、そこからも創作の方法を吸収しようとしていた。

自己表出から外部世界の表現への移行

したがって、三島が自国のあり方に批判的な眼を向けるのが、十代からの持続的な姿勢であったとは必ずしもいえない。まして二〇歳で終戦を迎え、生きるはずではなかった〈戦後〉という時代を生き始めた時代の三島にとっては、自身の生活の持ち場を明確化することに全力をあげるほかはなかった。「戦時中、小グループの中で天才気取りであった少年は、戦後は、だれからも一人前に扱ってもらへない非力な一学生にすぎなかった」（『私の遍歴時代』）という現実に直面して、三島は創作活動に励むと同時に、父親の嘱望を受けて官吏になるための勉強を進めるという二面的な努力を強いられ、それは高等文官試験に合格し、一九四七（昭和二十二）年十二月に大蔵省（現財務省）に入省して以降もつづくことになる。

その間一九四六（昭和二十一）年六月に、川端康成《かわばたやすなり》の推薦で雑誌『人間』に『煙草』が掲載されたものの反響はなく、落胆して官吏になるための勉学に力を入れることになる。一九四八（昭和二十三）年十一月には最初の長篇『盗賊』を真光社から刊行したが、やはり好評を得るには至らなかった。大蔵省入省後の三島は創作と勤務の二重生活に精神的、肉体的に疲弊するようになり、四八年九月に一大決心をして辞表を提出し、作家専業の道を選択をすることになった。

終戦時に妹美津子《みつこ》を亡くし、また『仮面の告白』（一九四九）の園子《そのこ》のモデルとなった女性と離別するといった私生活面での打撃もあって、この当時三島は「精神と肉体の衰滅の危機」（『私の遍歴時代』）のなかにあった。「終末観からの出発」（一九五五）でも「昭和二十一年から二・三年の間といふもの、私は最も死の近くにゐた。未来の希望もなく、過去の喚起はすべて醜かつた。私は何とかして、自分、及び、自分の人生を、まるごと肯定してしまはなければならぬと思つた」と述べられている。

三島が作家として認知されることになったのは、大蔵省を辞職して書いた『仮面の告白』によってだが、同性愛者としての自己の来歴を語ったこの作品を含めて、二十代半ばまでの三島の関心とエネルギーはもっぱら自分自身に向けて注がれ、生活者としての自己と表現者としての自己の確立が背中合わせに模索されていた。

もっともこうした自己志向は三島に限らず、作家の初期段階には多く見られる傾向である。夏目漱石にしても、処女作の『吾輩は猫である』（一九〇五〜〇六）に現われる語り手の「吾輩」とその飼い主である英語教師の苦沙弥《くしゃみ》先生はともに自己の戯画的な分身であり、『草枕』（一九〇六）の「余」も、現実世界の彼岸を憧憬する漱石の心性の形象化であった。

大江健三郎《おおえけんざぶろう》の出発期の作品の、陰鬱な気分のなかに生きる大学生たちも、大江自身が参加した一九五〇年代半ばの砂川《すながわ》基地闘争の挫折感を託された分身にほかならない。あるいは村上春樹の『風の歌を聴け』（一九七九）や『1973年のピンボール』（一九八〇）の、情念的な昂揚を断念した冷ややかさのなかで日々を送る主人公の青年が、六〇年代に距離を取ろうとする作者の意識を遡及的に担う分身であることもいうまでもない。

こうした自己表出への意欲によって一通り作品が書かれた後に、作家の関心や主題が外部世界に移っていき、自身の視点から捉えられた社会や歴史の問題が作品に盛り込まれることになるという推移を辿ることが珍しくない。

漱石の世界も、一九〇七（明治四十）年の朝日新聞入社をひとつの契機として、「非我」としての外部世界の「真」を摑み取って表現するという志向を強めていく。主人公を同時代の日本の寓意として、彼をめぐる人間関係に、日本をめぐる国同士の関係を映し出す作品群が生み出されていくのである（詳しくは拙著『村上春樹と夏目漱石——二人の国民作家が描いた

〈日本〉』祥伝社新書、二〇一一）。大江や村上も、それぞれ『万延元年のフットボール』（一九六七）、『洪水は我が魂に及び』（一九七三）や『羊をめぐる冒険』（一九八二）、『ねじまき鳥クロニクル』（一九九四〜九五）などで、近代日本の歩《あゆ》みや現況に向けられた批判意識を主題化する作品を生み出していくことになる。

こうした変化は、表出すべき自己に関わる素材が次第に尽きていくという現実的な理由とともに、作家としての社会的認知が、彼らの眼をより外側の世界に向けさせるように促した結果でもある。また職業的な作家として活動を持続させていくためには、モチーフや主題を外部世界に求めざるをえないということでもあるだろう。

太陽との出会い

三島由紀夫においてもこうした作品世界の変質が捉えられる。もちろん三島は自己表出を基調とするロマン的文学者であり、作品の構築のなかに、つねにその独特の美意識を盛り込んでいる。けれども二十代の前半に自分自身に強く向けられていた眼差しが、外部世界へと開かれていく変化は認められるのであり、それが自国への批判的関心という形を次第に取ることになる。そしてやはり三島が作家としての認知を得た二十代の後半に、それが起こっているのである。

その端的な契機となったのが、一九五一（昭和二十六）年から翌五二（昭和二十七）年にかけておこなわれた世界旅行である。以下の引用を『私の遍歴時代』によれば、朝日新聞社から外遊の話を持ちかけられ、それを「願つてもない話」と受け取った三島は「特別通信員」という資格で世界一周旅行に出かけることになった。

三島はこの世界旅行を、自分を職業的作家として高めるべき自己改造の場として企図したようである。戦時下の自己を支えた感受性をすでに「余分なもの」と感じていた三島は、それを「今度の旅行で、クツのやうに穿《は》きへらし、すりへらして、使ひ果たしてしまはなければならぬ」という思いを抱いて、憧憬の地であったギリシャをハイライトとする旅に赴《おもむ》いている。

三島を乗せた船が横浜港から出帆《しゅっぱん》したのは一九五一年十二月二十五日であり、五二年の元日にまずハワイ・ホノルルに到着している。そこからサンフランシスコをはじめとして北米、南米を訪れた後、ヨーロッパに赴くが、三月にはパリで旅行小切手の盗難に遭ったために一カ月余の滞在を余儀なくされた。その後ロンドンを経て、四月下旬に念願のアテネに入っている。アテネで過ごしたのは一週間足らずであったが、そこで「酔ふがごとき心地」を味わった後に、ローマを訪れ、日本への帰途についている。

この世界旅行の眼目は、引用に記されるように、自身の過剰な資質と思われる感受性を使い果たすことで、それへの依存から脱却し、創作家としての足場をより堅牢なものにすることであったが、結果的に四ヵ月に及ぶ諸外国での見聞の体験が、三島の意識をあらためて〈日本〉に振り返らせる端緒となった。それは単に異質な風土や文化に触れることが、自国のそれを再評価する眼差しをもたらしたというだけではない。濫費すべき感受性の捉えたものが、間接的な形で三島に〈日本〉の起点的な在《あ》り処《か》を喚起することになったのである。

感受性の過剰の裏側で、三島が自分に不足していると感じているものは「肉体的な存在感」であり、それを手に入れるためには「どうしても太陽の媒介が要る」のだったが、この「太陽」との出会いを三島はいくつかの地で果たすことになる。カーニバルの季節であったブラジルにおいては「熱帯の光りに酔」い、「はげしい青空の下の椰子《やし》の並み木を見るだけで、久しく探し求めてゐた故郷へかへつたやうな気」がしている。

アテネにおいても、パルテノンをはじめとする遺跡の美に打たれるとともに、それらの背景をなす青空に引きつけられている。世界旅行の紀行文である『アポロの杯』（一九五二）では「今日も絶妙の青空。絶妙の風。夥《おびただ》しい光。……さうだ、希臘《ギリシヤ》の日光は穏和の度をこえて、あまりに露《あら》はで、あまりに夥しい。私はかういふ光りと風を心から愛する」といった記述で、ギリシャの日光への「愛」が語られている。

ギリシャで見つけた日本

『アポロの杯』では今の引用箇所につづいて、「私が巴里《パリ》をきらひ、印象派を好まないのは、その穏和な適度の日光に拠《よ》る」と記されている。ここでアテネがパリと対比され、また日光の苛烈さによってブラジルと重ねられるように、それは三島にとって西洋文明の源流でありながら、むしろ非西洋的世界として印象づけられている。

とくに三島の意識が紀元前の古代ギリシャに向かっている限りにおいて、この地は自然においても文化においても、キリスト教を基底とするヨーロッパ世界の外側にほかならなかった。この旅行に言及した『私の遍歴時代』の一節では、つぎのように断定されている。

古代ギリシャには、「精神」などはなく、肉体と知性の均衡だけがあつて、「精神」こそキリスト教のいまはしい発明だ、といふのが私の考へであつた。（中略）ギリシャの都市国家群はそのまま一種の宗教国家であつたが、神々は人間的均衡の破れるのをたえず見張つてをり、従つて、信仰はそこでは、キリスト教のやうな「人間的問題」ではなかつた。人間の問題は、此岸にしかなかつたのだ。

ここに述べられているのは、古代ギリシャに対する三島のかねての考え方だが、旅行でのギリシャ体験はこの把握を追認し、強化することになった。『アポロの杯』でも、三島は「キリスト教が「精神」を発明するまで、人間は「精神」なんぞを必要としないで、矜《ほこ》らしく生きてゐたのである」と記している。

もっとも古代ギリシャに対する三島のこうした認識は一面的なものであり、それに逆行する側面をあげることは容易である。たとえば三島自身が影響を受けているニーチェの『悲劇の誕生』では、反理性的な陶酔を象徴するデュオニュソスの精神こそがギリシャ悲劇の根源をなすとされ、それは三島が重んじた「肉体」に象徴される視覚的世界ではなく、コロス(合唱隊)によって担われる音楽の力によって喚起されるものであった。

またプラトンの『パイドラー』で死後の魂の行方が議論されるように、古代ギリシャ人が単純に「此岸」的世界にのみ住んでいたわけではない。シャーマン(巫女《みこ》)は広範囲に存在し、オルフェウス教の輪廻《りんね》転生《てんしょう》の観念も浸透していた。三島の蔵書に含まれる高津《こうづ》春繁《はるしげ》

『古典ギリシア』(筑摩書房、一九四六)では、「現世主義、享楽主義」を基調としながら、一方では「他界的な迷信」や「地下的な神々への怖《おそ》れ」が一般民衆を覆っているという、「矛盾を含む複雑な心理の持主」が古代ギリシャ人であったと述べられている。

しかし、三島自身がある程度了解していたこうした側面を切り捨て、表題の「アポロ」に象徴される可視的、現世的な世界に限定することで、古代ギリシャが自身の旅行の企図に沿うイメージのなかに置かれることになった。そこで浮かび上がってくる非西洋的世界の像が、ただちに日本への親近性へと転換されるわけではないが、超越的な観念に従って生きることを好まず、宗教をもっぱら現世利益的な面で捉える傾向が強い日本人の民族性が、「此岸」的な性格を帯びていることは事実であろう。

実際『アポロの杯』において三島はギリシャで見聞するものから、しばしば日本の文化や生活を連想している。たとえばゼウスの宮居（ゼウス神殿）の残された柱の並び方が、二本と一三本という不均衡な二つの群れをなしていることから、「この二つの部分の対比が、非左右相称の美の限りを尽くしてをり、私ははからずも竜安寺《りようあんじ》の石庭の配置を思ひ起した」と記されている。またアテネの町を歩きながら、そのにぎわいにもかかわらず、「日本の縁日のやうな物寂しさがどこかしらにひそんでゐる」という印象を覚えている。

こうしたギリシャと日本の重なりは、客観的なものというよりも、多分に三島の願望に染められたものであり、もともと抱かれていた古代ギリシャへの憧憬が、その世界を自身の生活圏に引き寄せさせていた面が強いだろう。けれども創作の原動力はいずれにしても現実の事象を乗り越える想像力であり、こうした連想が文学作品を生み出すことになったとしても別に不思議ではない。現に帰国後、そこから『潮騒』（一九五四）がもたらされることになったのである。

主人公が「痴愚《ちぐ》」である理由

『私の遍歴時代』にははっきりと、ギリシャ体験の「昂奮のつづきに書いたのが、帰国後の「潮騒」である」と記されている。もっともそれにつづけて述べられているように、『潮騒』の「通俗的成功と、通俗的な受け入れられ方」は、三島に「冷水を浴びせる結果になり、その後ギリシャ熱がだんだんにさめるキッカケにもなつた」のだったが、いいかえればこの作品がギリシャ体験の総決算として位置づけられるということでもある。

伊勢湾に浮かぶ「歌島」という離島を舞台として、漁師の青年と海女《あま》の少女との恋を描いたこの『潮騒』に、直接古代ギリシャを想起させる描写が盛り込まれているわけではなく、

「「潮騒」のこと」（一九五六）に「その藍本《らんぽん》（＝原典、引用者注）は「ダフニスとクロエ」である」と記されているように、古代ギリシャの物語に触発されつつ若い男女の恋愛を描いているところに、その連関が認められる。

　ロンゴスの『ダフニスとクロエー』は、エーゲ海の小島を舞台として、若い男女が愛し合いながらも、戦争や領主の専横などによって仲を引き裂かれがちになり、また相互の思いをなかなか肉体的な結合にまで至らせることができずにいる焦慮《しょうりょ》の末に、結ばれることになる物語である。彼らと同じく『潮騒』の主人公である新治《しんじ》と初江《はつえ》も互いを思い合いながら、性的な無知や周囲の誤解などによって容易に和合を遂げることができないのだった。

　けれども『ダフニスとクロエー』の主人公たちが「恋人たちは苦しむという、私らも同じこと。また私らと同様にぼんやりと物事に手もつかぬという、眠ることもできぬという、これもちょうど今の私らのようすと同じ」（呉茂一訳）と記されるような受苦のなかに置かれるのに比べて、『潮騒』の新治と初江にはそうした苦しみは付与されていない。初江の内面はほとんど語られておらず、一方、新治はそもそも「考えることの不得手な若者」として設定され、途中初江の父親の誤解から彼女との接近を禁じられる状態になった際にも、その切ない思いは「初江との仲をさかれた悲しみ」と一筆書きに示されるにすぎない。

それは世界旅行に赴いた動機が、自身の「肉体的な存在感」を高めるところにあり、それがこの作品の主人公の造形の基調となっているために、その反映として新治が内省と無縁な「肉体的」存在として描出されることになったからである。

しかしそれによって、新治は二重の意味で空白の存在として現われることになった。彼は幼い頃から漁師として海を自分の居場所としてきたのであり、「学校における成績はひどくわるかつた」と記されるように、学問的な知識を欠いているという意味では知性を欠いた人間である。そのため女性への接近の仕方を小説で学んだり、物語の人物の境遇と自分を照らし合わせるような意識活動とは無縁である。

もっともそうした書物から得られる知識を欠いているのは島の人間に共通した性格であり、また「一軒のパチンコ店も、一軒の酒場も、一人の酌婦もなかつた」という島の環境においては、若者が日々の生活から知恵を得る機会も限られている。ただ現実にはこうした離島のような共同体においては、生活の知恵や行動の規範を教える場が存在していることが少なくなく、『潮騒』でも「むかし「寝屋」と呼ばれてゐた若い衆の合宿制度」としての「青年会」の例会の様子が描かれている。新治が初江の名前を初めて耳にしたのも、この会においてであった。

一般には「寝宿」と称される制度は、かつては日本の多くの離島に存在し、そこでは若者同士の交流がおこなわれるだけでなく、本人に代わって相手に好意を伝えたり、その親に掛け合ったりするといった形で、婚姻を媒介する役目も担っていた。けれども『潮騒』の「青年会」は「まじめに教育や衛生や、沈船引揚や海難救助や、また古来若者たちの行事とされてゐる獅子舞や盆踊りについて議論が闘はされ」る場ではあっても、若い男女の接近を手助けする場としては描かれていない。

その結果、新治は書物による知識ももたず、また共同体の制度が伝える伝統的な知恵にも恵まれないという、二重の空白をはらんだ人間として現われることになった。三島自身がその輪郭を批判的に意識しており、日記形式のエッセイ『小説家の休暇』（一九五五）のなかで、歌島のモデルである伊勢の神島《かみしま》に赴き、そこで出会った「溌剌《はつらつ》たる若い美しい男女」の姿を写し取ろうとしたにもかかわらず、その背後にある「古い伝習的な協同体意識」を作中に盛り込むことができなかったために、「少しも孤独を知らぬやうに見える登場人物たちは、痴愚としかみえない結果に終つた」と述べている。

物語によって導かれる〈メタ物語〉

こうした主人公の「痴愚」な輪郭も作用して、『潮騒』はこれまでもっぱら、佐伯彰一《さえきしょういち》が「狷介《けんかい》なところなど何一つ見つからない。いかにも読みやすく、素直すぎるほど素直な青春の恋物語」（新潮文庫版解説、一九七三）と評するような作品として受け取られてきた。

確かに新治は近代小説の主人公を特徴づけるような、自我に固執する内面の苦悩とは無縁である。けれども素朴な漁師の青年を主人公とするこのシンプルな物語は、決して古代ギリシャへの憧憬を動機として、物質文明に汚された現代世界へのアンチテーゼを差し出すだけでなく、この時点における作者の認識のあり方を明確に映し出している。

つまりその内的な空白にもかかわらず、新治は最終的に初江との恋を実らせ、結ばれるに至るのであり、それによってその成就《じょうじゅ》に彼を導いていく力が暗示されることになる。たとえば新治は恋愛の作法を何かで学んだわけでもないのに、初江と浜辺で出会って間もなく、「ひびわれた乾いた唇が触れ合」う接吻を交わすが、それは「彼らの意志から発したことではなくて、他動的な力がさせた思ひがけない偶発事」として語られている。

この「他動的な力」を物語の展開のなかに浮かび上がらせることが、『潮騒』全体の構築に込められた眼目だったといえるだろう。

その何者かによって外側から働きかける力は、この作品で主に二つの次元で想定される。一つはこの作品がはらんでいる様々な〈物語〉の力である。『潮騒』が『ダフニスとクロエ』という古代ギリシャの物語を下敷きとしている設定自体が、この作品が苦難を経て結ばれるに至る若い男女の物語となる条件となることを、いわば予示している。

また作中の個別の場面にも〈物語の力〉は姿を現わしている。新治と初江の仲を知って嫉妬した仲間の安夫《やすお》が、初江に強引に接近を迫ろうとした際に、蜂の攻撃が彼を退散させることになるが、蜂が人間に助力を与える話は『今昔物語集』や『十訓抄《じっきんしょう》』といった説話集のなかにも見られる。前者の第二十九巻には、日頃蜂に酒を与えていた水銀商が、盗賊に襲われた際に蜂に助けられた話があり、後者の巻一には蜘蛛《くも》にかかっていた蜂を助けた侍が、蜂の助力を得て敵を滅ぼした話が含まれている。

こうした説話的な世界との重なりも、『潮騒』が何よりも現実世界の因果性よりも、先行する物語群に導かれる物語であることを示唆している。その点で『潮騒』は一種の〈メタ物語〉であり、その性格が主人公の行動を導いていく「他動的な力」として作用しているのである。

作品にちりばめられた〈伊勢神宮―天照大神《アマテラスオオミカミ》〉

『潮騒』のはらむもう一つの「他動的な力」は、登場人物たちの生活を司《つかさど》っている、宗教や信仰の次元に置かれる超越的な力である。そこに三島がこの作品の舞台を伊勢湾の小島に設定した狙いがあり、ギリシャ体験の結実としての意味が見出される。すなわち〈伊勢〉とは、天皇家の皇祖神であり、また太陽神である天照大神《アマテラスオオミカミ》を祀《まつ》る伊勢神宮の所在地だからだ。

〈太陽〉との出会いを求めて世界旅行に発ち、ブラジルとギリシャでその遭遇を果たすとともに、後者での見聞によって〈日本〉を想起していた三島は、その総決算として書いた作品で、伊勢という空間を舞台に選ぶことで、〈太陽〉と〈日本〉を連携させることになった。そして同時にそれが三島を〈天皇〉という存在に振り向かせる契機ともなったのである。

それは単に地理的な設定から推察される事情ではなく、作中に伊勢神宮とつながる要素が様々に盛り込まれていることからも見て取られる。それを中心的に担っているのが、冒頭で歌島の「眺めのもっとも美しい場所」の一つとして挙げられている「八代神社《やつしろ》」である。この神社について次のように素描されている。

八代神社は綿津見之命《わたつみのみこと》を祀つてゐた。この海神の信仰は、漁夫たちの生活から自然に生れ、かれらはいつも海上の平穏を祈り、もし海難に遭つて救はれれば、何よりも先に、ここの社に奉納金を捧げるのであつた。

（第一章）

新治は初めて初江を見て惹《ひ》きつけられ、青年会の例会でそれが島の有力者の宮田照吉《みやたてるきち》の娘であることを知らされた後も、八代神社に詣で、自身と家族の加護を祈り、それにつづけて「いつかわたしのやうな者にも、気立てのよい、美しい花嫁が授かりますやうに」と初江を念頭に置いた祈願をしている。そしてその願いは最終的に叶えられることになるのであり、新治は「神々の加護」がその「恋を成就させてくれた」という思いを抱くのである。

見逃せないのは、八代神社が実際に神島にも存在し、しかもそれが伊勢神宮と深い縁をもつことだ。たとえば伊勢神宮で二〇年ごとにおこなわれる遷宮《せんぐう》は、八代神社でもおこなわれ、昭和期においては一九四四（昭和十九）年、一九六四（昭和三十九）年、一九八四（昭和五十九）年に遂行されている。共同体の神事、行事を務める役を神島では宮持《みやもち》というが、新しい宮持は八代神社に祀られる「綿津見大神」の名を書いた軸を収めた箱を旧宮持から渡さ

▲神島・八代神社の鳥居

（提供　鳥羽市観光協会）

◀ゲーター祭のクライマックス。「アワ」と呼ばれる輪を掲げる

れる。宮持は一年間の任期を務めた後、正月の行事が終了した後に伊勢神宮に詣でるのである。

また正月におこなわれるゲーター祭で用いられる、グミの木の枝を束ねて作られるアワと称される輪が、太陽を意味することも興味深い。元日の早朝にアワは若者たちに担がれて八代神社の鳥居前に運ばれるが、そこでアワが高く掲げられることによって〈太陽になる〉とされる。

筑紫《つくし》中真《のぶざね》『アマテラスの誕生』（角川新書、一九六二）では、『潮騒』に触れることなく、この神島のゲーター祭に言及されている。ここでは「このゲーターまつりは、あきらかに太陽霊の復活を祈るまつりです。太陽のスピリットを激励して、活力を甦生させようとする行為です。ぐみの日輪は、神話の中の天の岩戸にかくれたアマテラスと同一の意味をもつ太陽のシンボルに外なりません」と述べられている。筑紫によれば、ゲーター祭でアワが掲げられることは、天の岩戸に隠れたアマテラスが地上世界に引き出されることと同意であり、いずれも冬の間に衰えた活力を復活させる含意があるという。

『アマテラスの誕生』では、天皇家にはもともと太陽信仰があった上に、南伊勢出身の語り部がさかんに伊勢地方の太陽信仰を語ったために、『日本書紀』が編纂《へんさん》されていった天武《てんむ》・

持統《じとう》朝の七世紀に、伊勢の大神が信仰されるようになったとされる。

伊勢の太陽信仰には多くの研究者が着目してきたが、武澤秀一《たけざわしゅういち》『伊勢神宮の謎を解く――アマテラスと天皇の「発明」』（ちくま新書、二〇一一）では、アマテラスが海に面した伊勢の地形を反映して「水平的で親和的な」性格をもつ「海洋性の太陽神」であり、それゆえそれが平面的な円形の鏡によって象徴されるようになったとされている。

いずれにしても神島の位置する伊勢地方が、古代から太陽と海によって特徴づけられ、その地の神が東国に進出しようとする大和朝廷の論理と結託する形で、天皇家の皇祖神として天照大神《アマテラスオオミカミ》が生み出されていったという経緯を想定することができる。

神島で取材を重ねた三島は、こうした経緯についてある程度了解していたはずであり、少なくとも八代神社と伊勢神宮の連携については認識していたと思われる。その連携は、初江の父であり、彼女と新治との結婚に最終的な裁可を与える、島の有力者である宮田照吉の名前にも端的に示されている。すなわち彼の「宮田照吉」という名前は、明らかに「伊勢神宮」と「天照大神」から取られたものだからだ。

また伊勢神宮とのつながりにおいては、初江の輪郭はより具体的な形でそれを示唆している。彼女は優れた技量をもつ海女であり、鮑《あわび》を獲《と》る競争で一番になる話が後半に語られるが、伊勢神宮の神饌《しんせん》のなかでもっとも重要視されたのが鮑であった。

鮑は古代においては常世《とこよ》へとつづく海の霊の象徴であるとされ、その産地に近いことが、神宮が伊勢に鎮座した理由の一つであろうと推察されている。とくに伊勢の海女が獲る鮑は神饌として供されることが多く、したがって初江が鮑を獲る名手であることは、彼女が伊勢神宮に仕える人間としての側面をもつことを示唆することにもなるだろう。

新時代への期待

このように『潮騒』は一見、社会現実に距離を取った地点に成り立ったユートピア的な物語でありながら、実は世界旅行とそのハイライトとしてのギリシャ体験が三島に喚起した〈日本〉への眼差しが込められた作品であった。しかもそこには日本の原初的世界に回帰していく方向性だけでなく、この作品が書かれた時点における日本の政治的状況への姿勢が投影されている。

『潮騒』が発表された一九五四（昭和二十九）年は、一九五一（昭和二十六）年にサンフランシスコで結ばれた平和条約が発効した年の二年後に相当している。条約の発効後も日本人の間に〈独立〉の実感は乏《とぼ》しく、『中央公論』一九五三（昭和二十八）年六月号に組まれた「日本はアメリカの植民地か」という特集においても、独立性を主張する声よりも、平和条約と背中合わせに結ばれた日米行政協定、日米安保条約等をとおして、日本がアメリカに従属する関係がかえって強化されたという論調の方が大勢を占めている。

貿易面においても、約二〇億ドルの国際収支の内、一九五〇（昭和二十五）年に勃発した朝鮮戦争による特需収入が、一九五二年、五三年とも八億ドル以上を占め、アメリカからの需要によって収支の均衡が成り立っている状態であった。

こうした政治、経済ともにアメリカへの従属がむしろ強まる状況下で、ともかく日本は〈独立国〉として戦後の新しい時代を歩み出していった。世界旅行から帰国して二年後に発表された『潮騒』には、「新治」と「初江」という主人公たちの名前に示されているように、この新しい時代を率いていく力を、強い肉体をもった純朴な青年に託そうとする三島の願いが込められている。

二人が戦時中は試射砲の着弾点を確認するための施設であった観的哨《かんてきしよう》で、裸になって抱き合うよく知られた場面にも、そのモチーフがよく現われている。初江は雨に濡れた身体を乾かすために熾《おこ》した火を、新治に飛び越えさせようとする。初江がかける「その火を飛び越して来い。その火を飛び越して来たら」という声に応えて、新治が力強くその火を飛び越え、初江の身体を抱きとめる行動が、〈戦火を越える〉という意味をはらむことは明らかだろう。

新治に担わされた政治的文脈はそれだけではない。彼が宮田照吉にその頼もしさを認めさせ、初江の婿がねとして選ばれることになったのは、後半で語られる、沖縄の嵐の海で船が流されていきそうになるのを救った活躍によってであったが、ここには単に彼の意志と肉体の逞《たくま》しさが現われているだけでなく、それが〈沖縄〉の海であったことに三島の企図が込められている。

すなわち沖縄は第二次世界大戦後、一九五〇（昭和二十五）年に勃発した朝鮮戦争を契機として軍事基地化が推し進められ、住民の土地の接収が強引におこなわれてきた。またサンフランシスコ平和条約は沖縄をアメリカ合衆国の統治下に置くことを規定し、日の丸の掲揚も禁じていた。一九五二（昭和二十七）年四月に琉球政府が創設されたものの、その長である行政主席は上位機関として設置されたアメリカ国民政府によって任命されるなど、独立性をもちえなかった。

このアメリカの支配下にある沖縄の光景は『潮騒』にも次のように記されている。

朝鮮事変は一旦終つてゐたが、島の眺めには只ならぬ風情があつた。戦闘機の練習の爆音は終日とどろき、港に沿うた広いコンクリートの舗道には、亜熱帯の夏の日にかがやいて、数へ切れぬほどの車が往来してゐた。乗用車がある。トラックがある。軍用自動車がある。沿道の急造の米軍家屋は鮮やかな瀝青《れきせい》の光沢を放ち、民家は打ちひしがれて、継ぎはぎのトタン屋根が醜い斑《まだ》らをゑがいてゐる。

（第十四章）

しかもこの光景は「戦時中米軍が最初に上陸した地点」である運天のものとして語られており、この作品において沖縄が舞台の一つとして盛り込まれていることの含意を物語っている。「鮮やかな瀝青の光沢」を放つ「米軍家屋」と対比される「打ちひしがれ」た民家の並びは、アメリカの統治下で主体性をもちえない沖縄住民の姿の暗喩にほかならないだろう。

三島が込めた〈日本〉への希求

新治の乗る歌島丸はこの地で屑鉄《くずてつ》を積み込み、「内地」に戻っていく途中に烈《はげ》しい台風に遭い、運天に戻らざるをえなくなる。そして船を浮漂《ブイ》に繋《つな》ぐワイヤーとロープが切れそうになったために、命綱を浮漂《ブイ》に結びつける必要が生じるが、その間の二〇メートルを泳いでいく役割を新治が見事に果たすのである。

もともと新治が生活する歌島のモデルである神島の周辺はひじょうな難所として知られ、八代神社にも古くは「なうしけの御前」と称される神が祀られていた。「なうしけ」とは「直時化《しけ》」を意味し、前に引用したように、作中にも「かれらはいつも海上の平穏を祈り、もし海難に遭つて救はれれば、何より先にここの社に奉納金を捧げるのであつた」と記されているのも、そうした危難に襲われることが頻繁であったことを前提としている。

したがって新治が活躍する場面も、歌島の周辺に設定しても何ら不自然ではないが、あえて沖縄の海が舞台として選ばれているのは、そこに込められた政治的な文脈によっている。すなわち嵐にもてあそばれる船とは、〈独立〉後もアメリカの政治的支配力から脱しきれない〈日本〉のことであり、とくにその統治下に置かれていた沖縄の海で、船が嵐に流されることをとどめるというのは、その支配力から日本の自立性を確保することを意味する。

この含意を踏まえれば、船を繋ぎとめる「浮漂《ブイ》」とは、日本の同一性の拠点となるものに相当し、それが新治に働きかける「他動的な力」としての日本の〈神〉とつながっていくというのが、三島がこの作品に込めた寓意にほかならない。こうした寓意はこれまでの三島の作品に見られないものであり、その点で三島の「日本回帰」は、この章で取り上げた『アポロの杯』から『潮騒』にかけてがその端緒をなしているといえるだろう。

海上でもてあそばれる船や浮漂《ブイ》が〈日本〉に見立てられる比喩は、一二年後の『英霊の声』（一九六六）にも見られる。ここでは「国体なき日本は、かしこに浮漂《ブイ》のやうに心もとなげに浮んでゐる」と記され、「浮漂《ブイ》」は『潮騒』とは逆に浮遊する不安定さのイメージによって捉えられている。

それはいいかえれば、『潮騒』の時点での三島の希求が叶えられる方向に、日本が進んでいかなかったということを示唆してもいる。その展開については後半の章で論じることになるが、少なくともこの時点では、日本の将来に対して肯定的なヴィジョンを三島が抱きえたことがうかがわれる。

それは〈太陽〉を核とするギリシャ体験を契機としてあらためて喚起された日本の原像がいざなったものであったが、同時に三島はそれがあくまでも現実的な有効性とは別の、〈物語〉の次元に成り立つものでもあることも分かっていただろう。この作品の行動を導いていく「他動的な力」が、〈物語〉と〈神〉の二つの次元で背中合わせに仮構されていたのはそのためにほかならなかった。

第三章

「教育的」な放火

——『金閣寺』と対米従属批判

裏切られた願い——アメリカの軍事的浸食

ギリシャ体験の総決算として書かれた『潮騒』（一九五四）が、伊勢神宮に祀られる天照大神《アマテラスオオミカミ》との連繋《れんけい》をはらむことで、日本の起点的世界への作者の眼差しを浮上させつつ、それが離島を舞台としてメタ物語的な構造をもって成り立っていることは、そこに込められた日本の新生に向かう希求が、現実的な次元では叶えられ難いことを暗示してもいた。

その点で『潮騒』に込められた積極的なモチーフは、現実世界へのペシミズムと背中合わせであったが、実際この作品が発表された一九五〇年代半ばの状況において、日本が真の自律的国家として歩んでいくことには悲観的にならざるをえない事態が生起していた。『潮騒』の後半に描かれる、沖縄の海での新治の活躍には、アメリカの政治力からの独立への願いが託されていたが、それを裏切るように安保条約、行政協定のもとでアメリカの軍事力の日本への浸食は各地で進行していった。

それがもっとも過酷な形でおこなわれたのは、やはり沖縄においてである。サンフランシスコ平和条約によってアメリカの信託統治のもとに置かれて以降、沖縄は徹底した米軍の軍事優先政策に晒《さら》され、メーデーなどの労働運動にも弾圧が加えられた。

基地や演習地のための土地接収は止《とど》まることがなく、『潮騒』が発表された一九五四（昭和二十九）年には、一七年間の地料一括支払いによって軍用地の永久借地化が図られた。琉球政府は沖縄民衆の土地を守るべく適正補償、損害賠償などの四原則を立ててアメリカ政府との交渉を試みたものの、五六（昭和三十一）年に出された土地問題をめぐるプライス勧告によってそれらはすべて無視され、これに抗議する住民大会には全島で四〇万人の参加者があった。

こうした米軍の強引な基地拡張が各地で推し進められるなかで、一九五二（昭和二十七）年九月には、試射場の候補地となった石川県の内灘《うちなだ》村で最初の反対闘争が起こった。初め一時的な使用のためであったはずの土地接収は、四カ月という当初の期限が過ぎても解消されず、村民大会が開かれて抗議がおこなわれたものの、地元の振興を主張する網元らによって運動は抑圧され、五三（昭和二十八）年九月には永久接収への妥協がなされることになった。内灘以降、米軍基地の拡張への反対闘争は浅間《あさま》、岩国《いわくに》、千歳《ちとせ》、砂川など日本各地で繰り広げられ、一時的な成果を上げることはあったものの、基地拡張の趨勢《すうせい》自体を抑止するには至らなかった。

東京圏でおこなわれた反対闘争として知られる砂川基地闘争においては、一九五五（昭和三十）年から五七（昭和三十二）年にかけて、立川《たちかわ》基地拡張のために日本政府が砂川町に申し入れた土地収容に対する反対運動が、農民、労働者、学生が共闘する形でおこなわれた。五六年九月と五七年十月には警官隊と反対者たちの衝突が起きたが、非暴力を掲げる反対者たちは、警官隊の暴力に一方的に晒されるだけであった。

大江と三島の類似《るいじ》と差違

ちなみに当時東京大学の学生であった大江健三郎は一九五六（昭和三十一）年の闘争に参加し、その際の経験が出発時のいくつかの作品に影を落としている。たとえば『見るまえに跳べ』（一九五八）には「二年まえ、ぼくは基地拡張に反対する闘争に加わって雨に濡れた髪から滴《したた》る雨水が眼や唇をつたい、あごを流れえりくびに流れこんで下着を濡らすのを疲れきり寒さに身ぶるいしながら耐えていたものだった」という記述が見られる。

『芽むしり 仔撃ち』（一九五八）にしても、作品の舞台が第二次世界大戦末期に設定されていながら、ここで疫病の蔓延し始めた村から身勝手に逃げ出し、その後帰還した大人たちの暴力に一方的に晒される子供たちとは、この闘争の無抵抗な参加者たちの比喩にほかならなかった。ここでは日本各地を浸食していくアメリカの軍事勢力が「疫病」に、その情勢を許容するしかない政府が無責任な大人たちに見立てられていたが、こうした受動的な自国のあり方を大江は「性的人間」のイメージで捉えている。

大江によれば、「性的人間」とは「いかなる他者とも対立せず抗争しない」人間のことであり、「現代日本という東洋の一国家が、単純にいえば安全保障条約のもとにおいて、しだいに性的人間の国家になった」（「われらの性の世界」一九五九）と大江は考えている。この場合の「性的」とは性の活力が溢れることとは反対に、むしろ〈犯される〉受動性を指しており、対米関係において主体性をもちえない日本のあり方を意味している。

こうした戦後の状況の把握は三島のそれとさほど隔たっておらず、政治的には対極的に眺められがちなこの二人の作家の、自国への眼差しが基底においては近似《きんじ》していることを物語っている。

三島の思想を特徴づける天皇への意識も大江のなかにあり、左翼を標榜していた少年がその無力さを味わわされることで、右翼団体に近づいていき、天皇を信奉するに至る変容を描いた『セヴンティーン』（一九六二）のような作品も書かれている。ただ大江にとって天皇は、主体的な思考を放棄して合一しうる絶対的な存在の比喩であり、その点でやはり否定的に眺められる対象であった。

それは、大江が足場としようとしつづける戦後民主主義の脆弱さを浮き彫りにする問題性として示されており、三島が次第に取ることになる、天皇の観念的な絶対性によって戦後社会を相対化しようとする姿勢とは対極的である。大江も戦後民主主義が日本に確固として根付いていったと考えているわけではないが、その脆弱なものにあえて則《のっと》ろうとするところに大江の立場があった。一方もともと民主主義という戦後の価値に魅せられていない三島には、そこを離脱することに躊躇《ちゅうちょ》する理由はなかった。

『金閣寺』の二つの主題

皮肉なことに、三島と大江がともに問題化した、戦後における対米従属の関係が日本の政治的な自律性を希薄にする一方、そのなかで経済復興がもたらされていった。一九五〇（昭和二十五）年に勃発した朝鮮戦争はそれ以降の経済成長の起点となったが、前章でも見たように、国際収支を黒字に転換させたのはアメリカの特需であり、その点でもアメリカへの依存のなかで日本の戦後は進行していった。

その後朝鮮戦争の収束によって特需が消失することで、一九五三（昭和二十八）年には再び国際収支は赤字に転じるが、翌五四（昭和二十九）年に締結された日米ＭＳＡ協定（相互防衛援助協定）によって軍事援助のための需要が高まり、外貨が流入することになった。一九五〇年代後半以降に経済成長が本格化するまでの時期を支えたのはこの協定に伴う需要であり、対米依存があらためて高まることにもなった。こうした流れのなかで、工業生産、実質国民総生産などの指数が、一九五四年から五五（昭和三十）年にかけて戦後の最高値を示すに至っている。

一九五六（昭和三十一）年に発表され、三島由紀夫の代表作の一つとなった『金閣寺』は、この戦後明確化されていった日本の対米従属への批判をモチーフとする作品として読むことができる。

一九五〇年に起きた金閣放火事件を材に取り、吃音《きつおん》の障害に悩まされる青年僧が、愛着の対象であった金閣に火を放つまでの経緯を告白体の文体で綴《つづ》ったこの作品は、磯田光一が三島の「運命の刻印」というべき「「美」へのはてしない希求」を主題化した物語として眺める（日本文学全集『三島由紀夫集』解説、河出書房、一九六七）ように、従来三島独特の美をめぐる観念が存分に盛り込まれた作品として読まれてきた。

もっとも金閣に象徴される美への単純な執着を見る論はほとんどなく、むしろ美への執着が現実世界への関与の障害となり、そこから逆に中盤に現われる「二度と私の邪魔をしに来ないやうに、いつかは必ずお前をわがものにしてやるぞ」という呪詛に託されるような、美への憎悪がもたらされてくる逆転を重視する視点の方が一般的である。

磯田の論においても、美への希求は「外界からの孤絶」をもたらす動因として捉えられており、その「孤絶」からの脱却を放火犯である青年僧に託すことでこの作品が成り立っているとされる。したがってその際、金閣は主人公の現実参加を阻害するものの象徴となる。奥《おく》野《の》健《たけ》男《お》はこの視点において金閣を、「三島をたえず抑圧し続けた家、家霊としての祖母、母」といったものの比喩として見ている（『三島由紀夫伝説』新潮社、一九九三）。

その一方で、三島の戦後日本に対する批判意識から、「敗戦に殉ぜず醜く生き延びた存在である金閣に火を放つ行為は、「戦後」そのもの――なぜならそれは滅びるべくして滅びなかった世界の同義語《シノニム》なのだから――に報復するための一種の宗教劇」であるとする野口武彦（『三島由紀夫の世界』講談社、一九六八）のように、「戦後」への断罪を見て取る論も古くから出されてきた。田《た》坂《さか》昂《こう》の『増補 三島由紀夫論』（風濤社、一九七〇）においても、「「金閣の存在する世界」である戦後世界を終らせようとする切望」が作品のモチーフとして指摘されていた。

けれどもこうした見方を額面通り受け取れば、あたかも日本は戦争によって滅びるべきであったものが、戦後も生き延びたことによって断罪の対象となったことになる。作品の基底に戦後日本への批判意識があることは否定しえないが、それが滅びなくてはならない必然性は、これらの論では明確ではない。

もし三島が戦時下の終末感のなかを戦後も生きつづけ、日本を滅びるべき存在と見なし、その思いを金閣に託して描いたとすれば、それはあまりにも感傷的な把握であろう。『潮騒』のモチーフにも見られたように、三島はあくまでも戦後日本が自律的な国家として歩んでいくことを望んでおり、それが実現していかないことが彼を苛立《いらだ》たせ、やがて民主主義や経済成長といった戦後の潮流に対峙する立場を取らせることになるのである。

その点では、美やあるいはそれに仮託されるものが自己と現実世界との距離を作ってしまい、それを乗り越えるべく金閣に火を放ったとする、磯田や奥野の視点の方が合理的であるともいえる。そこで前提されているものは、現実世界に対する三島の関与の志向であり、それは二十代後半に高まってきていた、外界に向かおうとする三島の姿勢とも連続する主題である。

しかしそこに力点を置くと、今度は主人公が金閣を焼くことの必然性が不明瞭になってしまう。すなわち主人公の溝口《みぞぐち》は確かに金閣の美に執着し、それを吃音による疎外感を癒す装置とすることで現実世界との隔たりを生み出し、その端的な現われとして女性との性交渉において、金閣の幻影に阻害されて不能に陥ってしまう。それによって溝口は次第に金閣への憎悪を抱くようになるが、金閣に実際に放火する時点では、彼はすでに遊郭で性体験を遂げており、外界との隔絶をもたらすものを滅ぼすという動機はなくなっているのである。

曖昧な放火の動機

けれども『金閣寺』は、この二つの主題がそれぞれにはらむズレのなかに成り立った作品にほかならない。金閣放火が戦後日本への断罪としての寓意を帯びる一方で、そこで何が断罪されているのかは明瞭ではなく、一方女性に象徴される現実世界への参加を妨《さまた》げる力としての金閣への憎悪も、主人公を放火へ導く動機としては十分であるとはいい難い。

そこにこの作品の不統一を見ることも可能であり、奥野健男は「作者が主人公に語らせれば語らせるほど、読者は冷たく主人公を眺めるばかりで、金閣を焼く必然性を感じなくなるのだ。これは小説としての致命的な欠陥ではないだろうか」という評価を与えていた。主人公を魅了する金閣にしても「いつの間にか、絶対の美という観念の象徴でなくなってくる」のであり、そこから先に見たように、金閣を「家、家霊としての祖母、母」などになぞらえる見方が生まれていた（『三島由紀夫伝説』）。

　主人公が金閣に放火する必然性の乏しさや、金閣がいつの間にか美の象徴ではなくなってくるといった奥野の指摘はいずれも直感的な妥当性をもっている。しかしこれらは作品のもつ「致命的な欠陥」ではなく、周到な構築の結果備わるに至った側面であり、三島はもともとそれを企図して書いていると考えられるのである。

　とりわけ奥野が否定的に眺めている金閣への放火の必然性が、その行為がなされる終盤において希薄化していることは、『金閣寺』という作品を考える上で重要な意味をもっている。むしろそれによって、女性に象徴される現実世界に関与しようとする主人公溝口の試みを挫折させる装置としてではない意味を、金閣が帯びることになる。同時に金閣の放火という行為も、外界から自分を隔てるものへの怨恨の結果とは別個の次元に置かれることになるのである。

　ここで溝口の放火に至る心理の推移を辿れば、大学で友人となった内翻足《ないほんそく》の男である柏木《かしわぎ》に紹介された、彼の下宿の娘と肉体関係をもとうとする際に、金閣の幻影が現われて娘との間に立ち塞《ふさ》がり、溝口を不能に陥《おとしい》れてしまう。これは彼にとっての金閣の存在の大きさから合理的に導かれる成り行きであり、吃音による疎外感、孤独感を金閣の美に親しむことによって癒されていた溝口は、その防壁によって同時に外界に直接関わることができなくなっていたのである。

　これと同様の経験を溝口は、別の女性相手にもすることになる。溝口は戦時中に、その女性が出征していく恋人の飲む茶に自分の乳を注ぐ光景を南禅寺《なんぜんじ》で見ていた。溝口に恋人との過去を喚起されて、感激のあまり彼女が掻き出した乳房を前にして、溝口はそれが「無意味な断片に変貌するまでの、逐一をみてしま」うが、それは「そこに金閣が出現した。といふよりは、乳房が金閣に変貌した」経験として語られている。

　こうした経験から溝口が、金閣への愛着を怨恨に転じていくのは自然な展開であり、自分と人生を隔てるものを無化しようとして、それに火を放つという経緯は容易に想定しうる。現に磯田光一はそういう読解を示していたが、物語はそれほど単純な進行を見せていないのである。

　溝口が金閣を焼くことを決意したのは、寺を出奔《しゅっぽん》して赴いた生まれ故郷でもある北陸への旅においてである。ここで彼は「私のあらゆる不幸と暗い思想の源泉、私のあらゆる醜さと力との源泉」としての「裏日本の海」に向き合い、「うららかな春の午後」にこそ人間は「突如として残虐になる」と語った柏木の言葉を想起しつつ、自分の奥底に渦巻いている「残虐な想念」を確認する。「生れると同時に力を増し、巨《おお》きさを増した。むしろ私がそれに包まれた」その「想念」こそが「金閣を焼かねばならぬ」ということであった。

「死の準備」としての女性経験

ここで見逃せないのは、この「金閣を焼かねばならぬ」という「想念」が、自身の出自の土地への帰還を契機とし、さらに「残虐」という加害的なイメージを伴って溝口の内に生まれていることだ。つまりそれは、女性に象徴される外界から隔てられた彼の現況への怨恨からもたらされているというよりも、自己の内奥に渦巻く、破壊へと向かう根元的な衝動が掻き立てたものとして位置づけられているということである。

実際北陸の海に向き合うこの場面で、溝口は女性への想起を一切おこなっておらず、すでにこの時点で彼の放火への傾斜が、自分を疎外するものへの復讐とは異質の次元に移行していることが分かる。その後溝口は遊郭へ赴き、そこで童貞を捨てることになるが、そこでは娼婦との間に金閣の幻影は現われず、つつがなく最初の女性体験を完了させることができるのである。

これまで女性との体験で苦渋を味わいつづけた溝口が、ここで失敗しなかった理由として、彼が「普遍的な単位の、一人の男として扱われ」、それによって彼から「吃《ども》りが脱ぎ去られ、醜さや貧しさが脱ぎ去られ、かくて脱衣のあとにも、数限りない脱衣が重ねられた」からだと述べられている。

しかし、この記述にはいささかの詭弁《きべん》が含まれている。溝口がこれまで失敗した相手である下宿の女中も、めぐり会った南禅寺の女も、いずれも彼を「吃り」として相手にしていたわけではないにもかかわらず失敗していた以上、相手が娼婦であるから成功したという理由はないからである。とくに下宿の女中は溝口にとって娼婦的な存在として眺められる相手であったが、彼女を犯そうとする際にも、金閣の幻影が立ち塞がったのだった。

したがって遊郭での場面を合理化するためには、溝口がこの時点において、かつての彼とは異質な人間になっていたと考えるほかはない。事実以下のような記述によって、その変容が明確に語られている。

あのたびたびの挫折、女と私の間を金閣が遮りに来たあの挫折は、今度はもう怖れなくていい。私は何も夢みてはゐず、女によって人生に参与しようなどとは思ってはゐないからだ。私の生はその彼方に確乎《かっこ》と定められ、それまでの私の行為は陰惨な手続にすぎないからだ。

（第九章）

「女によって人生に参与しようなどとは思つてはゐない」のであれば、なぜ女を抱きに遊郭に赴いたのかが不明になるが、少なくともこのくだりで示されているのは、溝口の生が「その彼方に確乎と定められ」た段階に至っており、その「彼方」に行ってしまう前の〈記念〉として女性経験をしておこうとしたということだ。現に引用の直前には、この行動が「死の準備に似てゐた」と記されているのである。

いいかえれば、この時点で溝口は「彼方」から現実世界を眺めうる超越的な人格を獲得しており、その人格によって娼婦との交わりを成功させたということになる。そして、吃音者としての疎外感を反転させたかのようなこの人格を芽生えさせたものが、北陸への出奔で明確に実感した、自身の内に潜む「残虐な想念」であった。すなわち溝口は疎外される怨恨からではなく、超越者的な「残虐」さの発現として、金閣に火を放つのである。

放火の「教育的効果」

その点で、放火の時点では主人公にとっての必然性が希薄になっているという奥野健男の指摘は的確であるものの、溝口の非疎外者としての軌跡とは別個の地点で、放火の理由が新たに生まれていることが分かる。それは彼の内に生まれた「残虐な想念」が形を取ったものにほかならないが、結局彼を放火に導くのはそれであり、そこにこの作品に込められた主題がうかがわれる。

溝口はこの想念を自覚した後、北陸での滞在において次のような思索をおこなっている。

> 考へ進むうちに、諧謔的な気分さへ私を襲つた。『金閣を焼けば』と独言した。『その教育的効果はいちじるしいものがあるだらう。そのおかげで人は、類推による不滅が何の意味もたないことを学ぶからだ。ただ単に持続してきた、五百五十年のあひだ鏡湖池畔に立ちつづけてきたといふことが、何の保証にもならぬことを学ぶからだ。われわれの生存がその上に乗つかつてゐる自明の前提が、明日にも崩れるといふ不安を学ぶからだ』
>
> （第八章）

ここで溝口が「教育的効果」という言葉を用いているのは単なるアイロニーではなく、文字通りの意味を帯びているといえるだろう。確かに金閣がそこに「五百五十年のあひだ」「立ちつづけた」のは、それに火を放つ者がたまたまいなかったからにすぎず、燃やそうと思えばいつでも燃やすことのできる可燃性の建造物であるというのが、金閣の「実相」であった。この「実相」を知らしめるという「教育的効果」こそが、溝口が放火する時点における行為の動機となっているのである。

そこには当然、国宝を焼失させるという行為の重大さを正当化するだけの必然性はないが、あえてそこに踏み出すところに溝口を動かしている「残虐な想念」の力があった。そしてその時点で、自己を疎外する美への復讐という、彼が本来内在させていたはずの動機は姿を消しているのである。

いいかえれば、溝口は〈他者〉として金閣への放火という行為の遂行者となるのだといえよう。その溝口が移行していった〈他者〉は抽象的な存在ではなく、作品内で彼と関わりをもつ具体的な人物である。それが友人の柏木という虚無的で露悪的な人物であり、溝口が抱くに至る「残虐な想念」は多分に柏木の影響下に生まれている。柏木は今カッコをつけて記した「実相」という語をしばしば口にし、一切の美的なイメージが幻想にすぎず、その「実相」は単なる物質にすぎないという言説を語っていた。

たとえば柏木は、最初の性体験を年老いた寡婦《かふ》を相手に遂げたのだったが、その際彼は「実相を見ることが俺の肉体の昂奮を支へてゐた」という説明を与えている。彼は以前美しい女を相手に交わりをもつ機会があったのだったが、その時は相手の美しさが自分の内翻足の醜さに振り返らせたために、不能に陥ったのだった。老婆を相手にした際にはそうした幻想を喚起される余地がなかったために、柏木は「実相」に直面する手応えのなかで老婆を犯し、欲望を遂げることができたのである。

溝口が下宿の娘を相手に不首尾に終わることになる遊山の際にも、柏木は「優雅、文化、人間の考える美的なもの、さういふもののすべての実相は不毛な無機的なものなんだ」と語り、また終戦の日に老師が話した、猫をめぐる寺の騒動を素材とする「南泉斬猫《なんせんざんみょう》」の公案についても、後に柏木は猫が美の象徴であるとし、「美といふものは、さうだ、何と云ったらいいか、虫歯のやうなものなんだ」と断言する。つまり人を悩ませる痛みを与える虫歯も、抜いてしまえば取るに足りない物質にすぎないように、美もその根元にあるものは卑小な物質以外ではないということである。

こうした美的なイメージとその根元にある物質的な卑小さの関係が、まさに金閣に当てはまるものであることは明らかだろう。すなわち金閣がどれほどの美をはらんでいようとも、

「実相」としては、火を放てば燃えてしまう凡庸な物質以上のものではなかった。

この図式の伏線となっているのが、少年期に溝口が初めて金閣を実際に見た時の挿話である。その時彼は、現実の金閣が、それまで思い描いていたような完璧な美の具現とはほど遠い「古い黒ずんだ小つぽけな三階建にすぎなかつた」という印象を与えられ、幻滅を味わう。しかし彼は福井の郷里に戻ってから、想像の内で金閣の幻像をはぐくんでいるうちに、それは再び「心の中で美しさを蘇らせ、いつかは、見る前よりももつと美しい金閣になった」のだった。

ここでは「古い黒ずんだ小つぽけな三階建」という金閣の「実相」がすでに示されていたが、物語の後半では可燃性の物質としての「実相」が新たに浮上してくることになる。そしてその「実相」を明るみに出すという見地から溝口は金閣の放火者となるのである。

日米関係のなかの金閣

重要なのは、この溝口が到達する、「実相」を知らしめるという「教育的」な動機が、日米関係に対する三島の認識に連繫していくことだ。すなわち、金閣がこれまで焼かれずに五〇〇年以上建ちつづけたことが、要するにそれを焼こうとする者がいなかったからだという事実は、その火を放たなかった者の存在を浮上させることになる。それがとりもなおさず、戦争時におけるアメリカの選択にほかならないのである。

太平洋戦争時に日本の主要都市がことごとく空襲によって焦土に化しながら、京都が大規模な空襲を免《まぬか》れ、寺社をはじめとする文化財が保存されたのは、その価値を尊重したアメリカ軍が攻撃を回避したからだと考えられてきた。その見方においては、京都への空襲を控えるように進言したのはハーバード大学付属フォッグ美術館東洋部長であったラングドン・ウォーナーであり、ウォーナーが京都・奈良への空襲の回避をアメリカ政府に進言したために、両都市の文化財は戦火を免れたとされてきた。

この話を最初に報道したのは一九四五（昭和二十）年十一月十一日の『朝日新聞』であり、ラングドン・ウォーナーの「献身的な努力」によるアメリカ政府への働きかけにより、この結果がもたらされたという内容の記事が掲載された。それを皮切りとして、ウォーナーは〈日本の恩人〉として見なされて、来日時には国賓《こくひん》級の待遇を受け、またアメリカが日本の伝統文化への尊重の念を抱いていたという言説が学校教育の場を通して流通することになった。

現在では、ラングドン・ウォーナーが京都・奈良の文化財を保護しようと努力したことに

京都・奈良無疵の裏

作戰 國境も越えて
「人類の寶」を守る
米軍の陰に日本美術通

ウォーナー氏

ラングドン・ウォーナーを紹介する
『朝日新聞』一九四五年十一月十一日の記事

対しては懐疑的な見方が出されており、ウォーナーが作成した文化財リストにしても、とくに日本のものに限定されておらず、それは単にナチスなどによって文化財が略奪された場合、それを返還させるための重要度を明確化するための資料にすぎなかった。

　京都への空襲の回避にしても、多分に結果論的な面が強く、原爆の投下候補地に京都も挙げられていた。したがって、アメリカ政府が京都や奈良の文化財の保護にとくに意を用いたということは、論証されない〈神話〉である可能性が高い。

　けれども『金閣寺』が書かれた一九五六（昭和三十一）年の時点では当然、この〈神話〉は力をもっており、作中にもそれを匂わせる記述が見られる。溝口は戦争末期に金閣のある鹿苑寺《ろくおんじ》を訪れた母と次のような会話を交わしている。

「空襲で、金閣が焼けるかもしれへんで」
「もうこの分で行たら、京都に空襲は金輪際あらへん。アメリカさんが遠慮するさかい」

（傍点引用者、第三章）

そして溝口はこの母の断言を受け入れ、「京都に空襲の惧《おそ》れがないことは、私の夢想にもかかはらず、本当のところかもしれなかつた」と考えるのだった。こうした認識が前提されていることを踏まえれば、やはり溝口が金閣に放とうとする火は、本来アメリカ軍によってもたらされるはずであったものを、彼が〈代理〉として与えることになったものだといえるだろう。

「悪の行為」と対米従属批判

そのように考えることで、金閣への放火が戦後日本への断罪としての意味を帯びることが理解できる。前に指摘したように、戦争で滅びるはずであった日本が戦後を生き延びたことへの断罪が溝口の行為であるとする論は、あまりにも感傷的であり、三島が漠然と戦後日本が滅びることを望んでいたとは考え難い。三島が批判しようとしたものは、戦後日本がアメリカの〈おかげ〉で成り立っているという否定し難い従属性である。

金閣が焼けなかったのがアメリカの配慮の結果であるというのが、たとえ〈神話〉にすぎなかったとしても、先に見たように朝鮮戦争から日米MSA協定に至る時期の特需というアメリカの〈おかげ〉で戦後の経済復興が成し遂げられていったことは事実であり、日本がアメリカへの従属の度合いを強めていった趨勢は否定し難い。アメリカの配慮で空襲を免れたと見なされた金閣は、その「実相」を浮かび上がらせる象徴的な対象として選ばれているのである。

こうした対米従属的な関係への断罪は作品内にはっきりと盛り込まれている。それは終戦後の最初の冬に、金閣を訪れた米兵が伴っていた娼婦の腹を溝口が踏む場面である。酔った米兵は、一通り溝口に金閣を案内させた後、「外人兵相手の娼婦」であることが一目で分かる女の腹を踏むことを強要し、溝口は抵抗しようもなくその命令に従う。しかしこの強いられた行為は彼に「迸《ほとばし》る喜び」を与え、その「不可解な悪の行為」に「昂奮」を覚えるのである。

妊娠していた娼婦が溝口の行為によって流産させられたという理由で寺が強請《ゆす》られることになるこの行為が、金閣の放火という紛れもない「悪の行為」の伏線をなしていることは明らかである。溝口が北陸の海岸で「残虐な想念」に到達するのはまだ先のことだが、彼が自身の内に「悪」や「残虐」への傾斜をはらんでいることが、この場面で示唆されているのである。

また、彼がこの「悪の行為」をおこなう相手は米兵相手の娼婦であり、彼女を踏みにじる行為はとりもなおさず、〈アメリカ〉に従属した存在に対する断罪としての意味を帯びることになる。それが日本の対米従属に対する指弾という、『金閣寺』が秘《ひそ》かな形ではらむ主題と明確な連携をつくっているのである。

「悪」を行使するために必要だった他者

この米兵との出来事や北陸への出奔などの経験をくぐり抜けることで、次第に溝口は他者や外界からの孤立に苦しめられる少年期から隔たった、強者的な像を獲得するに至る。その変容をもたらす装置として機能しているのが友人の柏木であったが、特徴的なのは金閣の放火という「悪」の行使者となるために、柏木という〈他者〉の精神を呼び込んでいるということである。

これまで眺めたように、彼を放火者にする動力となる「残虐な想念」にしても、「突然私にうかんで来た想念は、柏木が言ふやうに、残虐な想念だつたと云はうか？」（傍点引用者）というように、柏木を想起しつつ自覚されているのであり、柏木がいなければ溝口が金閣の放火者となった可能性は著しく低減する。

そもそも物語の初めから、溝口は柏木的なものへの移行を示している。溝口を幼少期から悩ませたものは吃音の障害であり、それが自己と他者や外界との間に障壁をつくってしまう疎外感に、彼は苦しみつづけたはずである。けれども溝口の宿命的な難問はいつしかそこから、〈美からの疎外〉という別個の問題性へ移行してしまう。

作品の冒頭近くに、吃音が自己と「外界とのあひだに一つの障碍を置」いてしまうもどかしさが語られているにもかかわらず、同じ章の後半では「私が人生で最初にぶつかつた難問は、美といふことだつたと言つても過言ではない」と記され、「私といふ存在は、美から疎外されたものなのだ」という自己規定がなされている。有為子《ういこ》という美しい娘から手ひどい扱いをうけた挿話は、彼の〈美からの疎外〉を端的に示す意味をもっているが、一方、発話の障害がもたらす自己表現の困難さという彼の本来的な問題は、とくに大学入学以降前面から退いていくのである。

この問題性の変化に、溝口の〈柏木〉への移行が予示されているといえよう。つまり強度の内翻足という眼に見える障害をもった柏木は、文字通り「美」から疎外された存在だからだ。放火犯の林養賢《はやしようけん》が口にした言葉から、しばしば作品の主題として挙げられる「美への嫉妬」という観念も、溝口よりも柏木によりふさわしいだろう。

こうした前提的な段階を経て、大学での出会い以降溝口は、一切の幻想を嫌悪し、物事の

「実相」を露呈させることを志向する柏木の精神に憑《ひょう》依《い》されるように、「残虐な想念」に到達することになる。

柏木の精神が溝口に憑依する場面は、実際、物語の中盤に現われている。嵐山への遊山の日に、溝口は柏木とともに嵐山の景色を眺めながら、「美しい景色は地獄だね」と言う柏木の言葉を「当てずつぱう」と思いながらも、「彼に倣《なら》つて、その景色を地獄のつもりで眺めやうと試み」ると、確かに「若葉に包まれた何気ない目前の風景にも、地獄が揺《よう》曳《えい》してゐた」という感慨を覚えるのである。

三島の創作ノートを見ても、こうした他者の思想に感染することによる憑依的な人格の変容が、構想の段階で考えられていたことがうかがわれる。

『「金閣寺」創作ノート』（新版全集所収）の「プランⅡ」では「「やはり私はつけなかつた。あの男が代行したのだ。行為者は行為者。芸術家は死の裡にとどまる」といふ結論。大学の二人の友の話にするか？」という案が書き付けられており、この形で行けば「芸術家」としての柏木が「行為者」となる溝口に、破壊的な着想を「代行」させるという作品が生まれたことになる。しかし案は変改され、「プランⅥ」では「俺は一つの思想をもつた、一つの思想の重みが俺の肩に乗り移つてゐる」（傍点引用者）という枠に括《くく》られた一行が見出される。

すなわち「大学の二人の友の話」という案は生かされながら、最終的には、溝口が柏木の思想を「乗り移」らせることによって行為者となるという形が選ばれたことになる。これはまさにここで眺めてきた『金閣寺』の展開そのものであり、そこに作品の主眼があることをうかがわせている。

なぜ主人公は他者に憑依されなければならなかったのか

それにしても、溝口が「行為者」となるのに、なぜこのような憑依的な変容が必要なのだろうか。溝口自身の個的な人生経験のなかで金閣への憎悪を募らせ、それを灰に帰させる行為に着手するという描き方は十分可能なはずであり、三島にそれができなかった理由はない。けれどもそうした帰趨を主人公に与えなかったところに三島独特の着想があり、またそれは対米関係への批判とは別個の文脈で生まれている。すなわち、人間がそれまでの〈自己〉の枠の外に出て、〈他者〉に変容しないと、真に動的な行為者になれないという認識が、三島のなかに存在するのである。

それは三島的な美の構造を裏返した地点に生まれている。つまり三島的な美は、一見古代ギリシャの彫像に象徴されるような、可視的な形として存在するように思われながら、より本質的にはこの章で検討したように、むしろ素材としては卑小な対象を想像力の内で肥大させ、絶対的な次元にまで高める営みにある。

初期の代表作である『仮面の告白』（一九四九）の前半で焦点化して語られる、近江《おうみ》という、秀でた肉体をもつ同級生の像も、想像力のなかで事後的に精錬され、純化された面が強い。

第二章には「授業中も、運動場でも、たえず彼の姿をと見かう見してゐるうちに、私は彼の完全無欠な幻影を仕立ててしまつた。記憶のなかにある彼の影像から何一つ欠点を見出だせないのもそのためだ」と語られているが、この執着の対象の「完全無欠な幻影」を想像力においてつくり上げる作用は、溝口が金閣に対しておこなうものと同質である。

そして現実の金閣がそうであるように、近江にしても実際は「ありふれた青年の顔」をもち、「彼の背丈は私たちの間でいちばん高い学生よりも余程低かつた」と記されるような存在にすぎなかった。

本書の後半でも眺めるように、こうした想像力の営為による対象の美化、絶対化が、三島の世界では繰り返し現われる。主人公が可視的な美に惹かれる場合でも、それが彼の内面を占領してしまうには、想像力による絶対化が必要で、そうでない場合は、表層的な関係にとどまることが多い。

しかし逆にいえば、人物がその内面で構築され、絶対化された美に浸っている間は、想像力のなかの住人となっているために、動的な行動に出ることができないということでもある。そして、そこからの脱却は容易ではないために、彼が「行為者」となるためには〈他者〉に移行するしかなく、そのために憑依的な変容が求められることになるのである。

この論理は晩年に至るまで三島のなかで維持され、自身の最後の行動もそこからもたらされている。評論『革命哲学としての陽明学』（一九七〇）では一八三七（天保八）年の乱の主であり、陽明学者であった大塩平八郎《おおしおへいはちろう》の「帰太虚」（太虚に帰する）という言葉を借りつつ、「太虚」すなわちニヒリズムを「テコにして認識から行動へと跳躍する」機構が論じられている。そこではっきりと「もし太虚がなければ、われわれは認識のうちに没して、つひに知性主義、認識主義を脱却することができない」と述べられているのである。

自決につながる着想

他者の精神に憑依的に感染しつつ動的な行動にのめり込んでいくのも、自身の本来の内面を無化する、すなわち「虚」に帰させる一つの手立てにほかならず、想像力によって対象を絶対化する人物と背中合わせをなすように、これ以降の作品にも繰り返し姿を現わすことになる。この二つの原理が反転し合う形で、三島由紀夫の世界が成り立っているともいえるのである。

憑依的な契機によって、内省的な主人公が烈しさをもった「行為者」となる展開は『春の雪』（一九六五～六七）にも典型的な形で認められる。

詳しくは第六章で眺めるが、自分を愛していることを知っている年上の女性聡子《さとこ》に対して、冷ややかな距離を取りつづける主人公清顕《きよあき》は、その姿勢から聡子が清顕との関係を断念して皇族と婚約し、それに対する勅許《ちよつきよ》が降りるに至って、自分にも制御できない烈しい情念が燃え立ち、禁忌となった彼女への接近を決意するのである。

展開の中盤に訪れるそのくだりでは、「清顕の頰は燃え、目は輝いてゐた。彼は新たな人間になつた」（傍点引用者）と記されており、清顕が情念の憑依によって〈変身〉したことが示されている。それを契機として、彼はこれまでの外界への冷ややかな姿勢を捨て去り、情念的な行動者として彼女と肉体関係を結ぶことになるのである。

『金閣寺』の溝口もそうであるように、清顕も烈しさをもった行動の主体となった時点では、本来の自分とは別個の人間になっている。それはいいかえれば、人間が動的な行動に身を委《ゆだ》ねる時には、外的な精神や霊魂を内に呼び込むことによって、本来の自己が無化されるという理念でもある。

もっとも厳密に考えれば、想像力による対象の絶対化と憑依的な「虚」は連続する関係にあるともいえる。『金閣寺』でも、溝口が自身の内側につくり上げられた美に没入するのは、彼がそれに憑依されている状態でもあるからだ。実際『仮面の告白』では、語り手の「私」は自身の内的な機構を分析した後に、「私ほど憑依現象にもろい人間はなからうかと思はれる」と記している。

したがって、この二つの原理はともにひとつの精神のあり方から派生するものでもあるが、いわば主体が自身で引き起こす前者の憑依を、外部的な精神や霊魂を呼び込む後者の憑依が無化することで、人物が行動者に転じていくのだといえるだろう。

『春の雪』に始まる『豊饒《ほうじょう》の海』四部作を貫く輪廻転生の構想は、三島のこうした着想を受け継ぎつつ集大成したものであると見ることができる。各巻の主人公である四人の人物は、それぞれ前の巻の主人公の転生した姿であるとされ、その転生が次第に曖昧になっていくが、少なくとも『春の雪』と次巻の『奔馬《ほんば》』（一九六七〜六八）の間では、転生は明確な形で語られ、恋の情念のなかで果てる前者の清顕が、テロリズムに身を挺する後者の飯沼勲《いいぬまいさお》へと転生するという関係性が打ち出されている。

それは清顕を行動者へと変えた烈しい情念が、形を変えて勲に受け継がれたということであり、転生の理念は霊魂を次世代の人間に依《よ》り憑《つ》かせる装置として機能しているのである。

そして、晩年に書き継がれた四部作にこうした着想が流れているとすれば、過激な行動に身を投じる三島自身の最後の行動も、何らかの霊魂を自身に呼び込むことによって遂行されたものだと考えることができるだろう。それが何であったかについては後半の章で考察することになるが、その意味でも『金閣寺』の主人公に起こる憑依的な変容は、三島の行方を示唆する意味を帯びているのである。

第四章　不在の家長たち

――『鏡子の家』と〈天皇〉の表象

〈日本〉としての金閣、〈天皇〉としての究境頂《くきょうちょう》

『潮騒』（一九五四）から汲み取られた、ギリシャ訪問をハイライトとする世界旅行を契機として喚起されることになった、〈日本〉の拠点としての天皇への意識は、前章の『金閣寺』（一九五六）の検討では浮上してこなかった。しかし、火をかけられる金閣が戦後日本の寓意であると同時に、室町時代に建造され、日本の伝統美の象徴としての意味ももつ以上、そこに三島が日本文化の核と見なす天皇の姿が映されていないと考えることは、むしろ不自然だろう。

これまでも作家の平野啓一郎は「『金閣寺』論」（『群像』二〇〇五・一二）で、「〈金閣〉を天皇のメタファとして捉える立場」を仔細《しさい》に検討している。平野はこの論考において、語り手の溝口にとっての金閣の絶対性と天皇という存在の絶対性を相互の比喩性のなかに置きつつ、溝口に金閣を滅ぼさせることによって、三島が絶対者としての天皇をはじめとする「あらゆる戦中的なものとの訣別を宣言した」という把握を展開している。

「〈絶対的〉な観念」を媒介項として金閣と天皇を重ね合わせる着想は首肯しうるものの、この平野の議論が成り立つためには、溝口が火を放つ金閣が「戦中」の天皇になぞらえられる絶対性を帯びている必要がある。

しかし前章で眺めたように、放火の時点ではすでに、金閣は溝口によって可燃性の木造建築としての相対性のなかで捉えられていた。また焼亡《しょうぼう》の起きた一九五〇（昭和二十五）年においても、作品の発表時の一九五六（昭和三十一）年においても、すでに天皇は「戦中的」な〈神〉としての絶対性を失っている以上、放火の行為が「戦中的なものとの訣別」の「宣言」として意味づけられるかどうかは疑問であろう。

むしろ天皇の比喩としてより自然に見なされるのは、金閣の最上階をなし、溝口が放火の際にそこに入ろうとして入りえなかった「究竟頂《くつきようちよう》」であろう。溝口は金閣に火を放ってから、「火に包まれて究竟頂で死なう」という思いを抱き、最上階の三階に昇る。しかし、その部屋には堅固な鍵がかけられており、身体をぶつけても開かないことで「拒まれてゐるといふ確実な意識」が彼の内に生まれ、身を翻《ひるがえ》して階段を駆け降りていくのだった。

作中にも述べられるように、鹿苑寺金閣は寝殿造《しんでんづくり》風の一階、武家造風の二階、仏殿風の三階より成り、それぞれ「法水院《ほつすいいん》」「潮音堂《ちようおんどう》」「究竟頂」と名付けられている。究竟頂は三間四方の小部屋にすぎないが、金箔が張りつめられ、金閣の美の核心をなしている。〈究極〉を意味する名前をもち、〈絶対〉のイメージをはらむこの小部屋は、総体として〈日本〉を含意する金閣の中核である点で天皇の比喩となるものであり、そこに到達できなかった溝口はむしろ〈天皇〉に拒まれたと見ることができるのである。

〈滅び〉が高める金閣の美

もっとも、その〈天皇〉はもちろん「象徴」として位置づけられた戦後の天皇ではなく、〈神〉としての絶対性を帯びていた戦前、戦中の天皇である。したがってこの把握は、溝口が放火するのが戦後の金閣であることと矛盾するようにも映るが、見逃せないのは、彼が滅ぼそうとすることによって、金閣が戦時下の危うさのなかに遡行していくことだ。

すなわち溝口は火を放とうとする直前に、あらためて金閣の美しさに捉えられる。彼は金閣の細部がそれ自体で完結しておらず、「美の予兆」とともに「不安に充たされて」おり、周囲の細部と連携することによって金閣全体の美を構築していることを認識するが、この「虚無の兆」に満たされることによって成り立つ「金閣の美しさ」が「絶える時がなかつた」という感慨を覚えるのである。

溝口が金閣の美を再認識するのが、それを自身がまさに滅ぼそうとしていることによってであることはいうまでもない。この滅びによって喚起される美という図式は、前章で眺めた、想像力のなかで増殖する美という論理とは別個のものにも見えるが、『金閣寺』の叙述でも明らかなように、金閣が迎えようとしている〈滅び〉も、溝口の意識が描いている像である以上、やはり内面の意識作用によって美が高められる三島的な図式の一環をなしている。

〈滅び〉とは、日常の安逸から追いやられることであり、その非日常の相において存在の輝きが取り戻されるという着想を、三島は少年期からもっていた。

戦時下に書かれた『中世に於ける一殺人常習者の遺せる哲学的日記の抜萃《ばっすい》』（原題「夜の車」一九四四）では、語り手の「殺人者」が将軍や能役者たちを殺害する様相が綴られていくが、ここではっきりと殺人という行為は「忘れられてゐた生に近づく手だて」であると規定されている。

『金閣寺』にも、こうした三島の十代からの着想が引き継がれている面がある。当時の作品の背後には、自己と世界に〈終末〉をもたらす力としての戦争があったが、溝口の行為が、金閣を再び空襲の危機に晒されていた戦時下の時空に置き直すことと等価であることは明らかだろう。溝口は「終戦までの一年間が、私が金閣と最も親しみ、その安否を気づかひ、その美に溺れた時期である」と語っているが、放火の直前に、彼はその時点に遡行しているのである。

そう考えれば、究境項が戦前、戦中の絶対性を帯びた天皇の比喩として現われていることが無理なく理解できるだろう。猪瀬直樹《いのせなおき》は『ペルソナ　三島由紀夫伝』(文藝春秋、一九九五)で、究境項が開かないことで「そこにはもっと別のなにか、その名称通りの究極の世界、触れてはならない場所、が残されたのだ」と述べている。

ここで猪瀬はそれを〈天皇〉に関連づけていないが、この表現はそのまま旧憲法下の〈神〉としての天皇のイメージに該当するものである。溝口が金閣を滅ぼそうとする行為が〈戦後的〉な意味をもつ限り、それが「絶対的」な観念としての戦前、戦中の天皇を犯しえないのは当然であろう。

挫折する人物たち

このように眺めると、『金閣寺』には平野啓一郎のいう「戦中的なものとの訣別」ではなく、逆に戦後日本の寓意としての金閣を滅ぼそうとする意志によっても犯しえない戦前、戦中的な価値の収斂地点としての天皇への志向が浮かび上がっているといえるだろう。

また誰もが知るとおり、三島はこれ以降、戦後日本への嫌悪を強めていき、その装置として天皇の至上性を強調する姿勢を示すようになるのであり、それが〈戦中的なものへの接近〉を意味していることは明らかである。

そして『潮騒』(一九五四)のモチーフを引き継ぎつつ『金閣寺』に秘かにはらまれていた、この彼岸的な絶対性を帯びた存在としての天皇が、より明瞭な形で織り込まれているのが、一九五九(昭和三十四)年に書き下ろしで発表された『鏡子の家』である。この作品は三島が前年三月から一年半の時間をかけて綿密に書き上げた長篇であったにもかかわらず、不評に終わり、彼に挫折感を与えることになった。

新潮社の広告用リーフレットに「『金閣寺』では私は「個人」を描いたので、この『鏡子の家』では「時代」を描かうと思つた」とあるように、作品の主題は時代の描出であり、サラリーマン、ボクサー、俳優、画家という、異質な世界に生きる四人の青年たちに「「戦後は終つた」と信じた時代の、感情と心理の典型的な例を書かうとした」のだと三島は述べている。

しかし多くの論者が批判したように、この作品には背景となる一九五五(昭和三十)年前後の時代の姿が生き生きと現われているとはいえず、皮肉なことに戦時下の終末感という私的な感情を盛り込んでいる点で「個人」的な性格を帯びていた『金閣寺』の方が、前章でも見たように戦中から戦後への時代的推移を強く映し出していた。

鏡子という女性の邸宅をサロンとして登場する『鏡子の家』の四人の男たちは、いずれも作者三島の内的な断面を見せる存在であり、彼らがそれぞれ何らかの挫折を経験するところに、時代の相貌が浮かび上がるはずであった。

出来事の順序に沿っていえば、俳優の収《おさむ》は母親の作った借金を返済しようとして高利貸しの女の愛人になったあげく彼女と心中するに至り、ボクサーの峻吉《しゅんきち》は日本チャンピオンになったものの、酒場でのいさかいから拳をつぶされて廃業を余儀なくされる。また画家の夏雄《なつお》は突然富士山の樹海が視界から姿を消していくという不思議な経験から絵が描けなくなり、サラリーマンの清一郎《せいいちろう》も赴任先のアメリカで妻に不倫されるという事態に遭遇するのである。

こうした四人の登場人物が出会うことになる挫折は、いずれも個々の事情においてはそれなりの因果性を帯びており、また夏雄だけが挫折から立ち直る気配を見せる形で作品が閉じられているのは、章の後半で述べるように、三島のこの時点での志向との密接な照応性がある。しかしそれを含めても、彼らが遭遇する不幸や苦難が、背景にある一九五五年前後の時代性と有機的な関係を示していないことは否定し難い。

敗戦後の廃墟への郷愁

『鏡子の家』で企図された時代性を担っているのは、主として清一郎が語る「ニヒリズム」の言説である。作品の執筆と並行して書かれた日記形式の評論である『裸体と衣装』（一九五九）で、この作品を「いはば私の「ニヒリズム研究」だ」と書いているように、三島はこの作品を「時代」とともに「ニヒリズム」を描くという企図をもって構築したようである。

三島のプランでは、登場人物たちはそれぞれの個性や職業、性向に従った方向で進んでいくものの、「結局すべての迂路はニヒリズムへ還流し、最初に清一郎の提出したニヒリズムを完成にみちびく」ことになっていた。その清一郎の抱くニヒリズムとは、現在の世界が「崩壊」の一歩手前にあるというものであり、その確信によって現存する事物を許容しうるという心性である。清一郎はその崩壊をめぐる議論のなかで鏡子に次のように語っている。

「（略）世界が必ず滅びるといふ確信がなかつたら、どうやつて生きてゆくことができるだらう。（中略）俺が往復の路のポストに我慢でき、その存在をゆるしてやれるのは、俺が毎朝駅で会ふあざらしのやうな顔の駅長をゆるしておけるのは、俺が会社のエレヴェータアの卵いろの壁をゆるしておけるのは、俺が昼休みで見上げるふやけ

たアド・バルーンをゆるしておけるのは、……何もかもこの世界がいづれ滅びるとい
ふ確信のおかげなのさ」

（第一部第一章）

しかしここで語られているものは、既存の価値観を否定し、無化する本来のニヒリズムではなく、むしろ作者自身のそれと重ねられる、戦後社会に対する嫌悪感である。清一郎のニヒリズムは、嫌悪すべき事物で埋められている現実世界を、永続性をもたないものとして相対化する装置であり、それを「いづれ滅びる」という無常の相に置くことによって、その耐え難さを「ゆるしておける」という心境になることができるのである。

したがって「世界が必ず滅びる」というのは、清一郎の「確信」というよりもむしろ〈願望〉であり、自身を含めた四人の男たちがそれぞれに経験する挫折が、「最初に清一郎の提出したニヒリズムを完成にみちびく」という有機的な構造が実現されているわけではない。そして、この清一郎の願望としての「崩壊」は、結局彼自身がくぐり抜けた日本の敗戦を未来に投影したもの以外ではない。

清一郎は敗戦によって廃墟に帰した日本の光景を記憶しており、またそれを共有する相手

として三歳年上の鏡子を「無二の友」ないし「同類」と見なしている。「いつまでたつても、アナルヒーを常態だと思つてゐた」というアナーキストとして語られる鏡子は、「自分の家のお客からあらゆる階級の枠を外してしまつた」のであり、そのため異種の階層、職業の人間が彼女のサロンに集うことができるのだった。

鏡子の〈アナーキズム〉も、坂口安吾《さかぐちあんご》に代表される無頼派の作家によって担われた敗戦後の潮流と連続するものであり、この時代に親近感を覚える清一郎が彼女を自分と近しい人間と見なすのもそれゆえであった。現に清一郎は鏡子に対して「君も本音を吐けば、やつぱり崩壊と破滅が大好きで、さういふものの味方なんだ。あの一面の焼野原の広大なすがすがしい光りをいつまでもおぼえてゐて、過去の記憶に照らして現在の街を眺めてゐる」と語っているのである。

「崩壊」から遠い時代

清一郎のこうした感覚に底流するものは、戦争につながっていく過去への回帰である。それを起点的なモチーフとしながら、一方で現在時としての時代を描くという方法は当然矛盾をはらまざるをえない。『鏡子の家』の失敗もその矛盾に帰せられるが、同時にそこにこの時点での三島が抱いていたものをうかがうことができる。

この作品がもつ時代性としては、それが背景となる一九五五（昭和三十）年前後であれ、執筆時の一九五八（昭和三十三）年から五九（昭和三十四）年であれ、そこに〈崩壊〉の予兆が漂っていたとはいい難い。

確かに清一郎が前節に引用した長科白を口にする、第一部第一章の背景である一九五四（昭和二十九）年は、「不景気な眺め、不景気な風景。（中略）朝鮮戦争が終つたあと、一時的な投資景気が去年いつぱいつづいて、又もや不況がはじまつた」と記されるように、朝鮮戦争の特需景気によって活性化された日本経済が急速に落ち込んだ年であった。日銀が貸出額を制限する方針を打ち出すことで企業の金融は逼迫《ひっぱく》し、多量の失業者が生み出され、とくに北海道、九州の炭鉱地帯ではアメリカからの石油の輸入増加もあって、困窮の度合いは著しかった。

けれどもこうした沈滞の時期をはさみながらも戦後経済は進展していき、翌一九五五年から景気は再び上向き、「神武《じんむ》景気」と名付けられる好況の時代が到来する。牽引《けんいん》役となったのは造船、鉄鋼、電気機械、石油化学といった重化学工業の隆盛だが、エジプトがイギリスとの衝突からスエズ運河を一時閉鎖する「スエズ危機」によって商品市況が世界的に高騰したことからこの景気がもたらされ、家庭では「三種の神器」と呼ばれた冷蔵庫、洗濯機、テレビなどの電化製品が普及していった。一九五六（昭和三十一）年の経済白書に「もはや戦後ではない」という宣言が記されたのは周知のとおりである。

もっともその後、スエズ運河の復旧によって商品市況が落ち着くとこの景気も退潮し、一九五八年には日本は「ナベ底不況」と称される不況に再び覆われることになる。『鏡子の家』が執筆されたのはこの「底」の時期においてであったが、それも長期にわたるものではなく、一九六〇（昭和三十五）年から六一（昭和三十六）年にかけて、不況の影響をさほど受けなかった電気機械、自動車などの産業が中心となり、消費ブームと相まって「岩戸《いわと》景気」が現出することになった。

清一郎が口にするような「崩壊」の危機を日本人が受け取っていたのは、一九五〇（昭和二十五）年に勃発した朝鮮戦争時においてである。隣国の戦火に備えて再軍備を望む声が高まり、五〇年十一月末にトルーマン米大統領が示唆した原爆使用の可能性は、世界中に恐怖を及ぼし、第三次世界大戦の勃発を憂慮する声も上がった。『金閣寺』にも後半の第九章に「六月二十五日、朝鮮に動乱が勃発した。世界が確実に没落し破滅するといふ私の予感はまことになつた」という記述が見られる。あるいは大岡昇平《おおおかしょうへい》の『野火』(一九五二)の主人公田村一等兵も、終戦後収容された精神病院で朝鮮戦争の報道を眼にして、「この田舎にも朝夕配られて来る新聞紙の報道は、私の最も欲しないこと、つまり戦争をさせようとしているらしい」という不安を覚えるのだった。

安定した生活の中で無力感にさいなまれる若者たち

再度の戦争に巻き込まれるかもしれないという当時の恐れと比べれば、五五年前後の不況は経済復興の過程における挿話的な比重しかもっておらず、清一郎の語る「世界が必ず滅びるという確信」を客観的に下支えする条件は、この時代にはなかったといってよい。

そこからも彼の「ニヒリズム」が〈願望〉の言説であったことが分かるが、それはいいかえれば「崩壊」が非現実的な幻想の次元に置かれるほど、戦後の日本社会がそれなりの安定を獲得するに至ったということでもある。

『中央公論』一九五五年六月号に掲載された「民主主義の倦怠期《けんたい》」と題された座談会では、大宅壮一《おおやそういち》は「現実の秩序に対する闘争に対しては、何か魂が抜けたような印象を若い連中は持っている」と発言し、それに対して花森安治《はなもりやすじ》は「それの裏づけになるのが、非常に低いレベルだけれども、生活の秩序が一応できたということ」であると指摘している。

大宅壮一の「印象」を引き継ぐように、『鏡子の家』と同年の一九五九（昭和三十四）年に発表された大江健三郎の『われらの時代』では、主人公の青年が生きているのが「日本の若い青年をとらえており圧倒的に流行している、精神的インポテンツ」が覆っている時代であると括られている。この作品でいわれる「精神的インポテンツ」とは、「英雄」であろうとすることを放棄した青年の無力感のことであったが、『鏡子の家』ではその無力感をもたらすものが「壁」のイメージで提示されている。

物語の冒頭で、鏡子、峻吉、収、夏雄の四人が車で勝鬨橋《かちどき》を渡って「月島のむかうの埋立地」に行こうとするものの、折しもせり上がってきた「鉄の塀」によって行く手を塞がれてしまう。

彼らの前に立ちはだかる勝鬨橋の「鉄の塀」は、四人の男たちがそれぞれに受け取っている時代的な抑圧感としての「壁」のイメージ化にほかならず、第二章では「この世界が瓦礫《がれき》と断片から成立つてゐると信じられたあの無限に快活な、無限に自由な少年期は消えてしまつた。今ただ一つたしかなことは、巨きな壁があり、その壁に鼻を突きつけて、四人が立つてゐるといふことなのである」と記されていた。

『鏡子の家』の序盤で語られるこの「巨きな壁」は決して国家による統制や抑圧ではなく、

経済復興のなかで生産と消費のサイクルにのみ人間の生が押し込められていく、戦後社会の潮流にほかならない。そこではすでに、自由な精神の羽ばたきに身を委ねる余地は失われているると感じられるのであり、そこから現実には悲惨な廃墟でしかなかった終戦時の光景が、「無限に快活な、無限に自由な」時空として浮かび上がっているのである。

戦後社会を平和がもたらされる一方で、個人から生の昂揚を奪って無力感に陥れる時代として捉える眼差しは、三島と大江でほとんど共通している。三島と大江が異なるのは、大江があくまでも「精神的インポテンツ」を抱えた形での現実を描こうとするのに対して、三島は何らかの絶対性を帯びた観念、幻想によってその惨《みじ》めさを告発しつつ、そこからの脱却を図ろうとすることである。〈天皇〉はそのための中心的な装置にほかならなかった。

追いやられた父としての戦後の天皇

見逃せないのは『鏡子の家』において、その〈天皇〉の影が周到に導き入れられていることである。

それを担っているのは鏡子や四人の男たちではなく、鏡子の娘の真沙子《まさこ》である。鏡子の家には真沙子の父親、つまり鏡子の夫が不在であり、真砂子はこの不在の父の帰還を願いつづけるる。彼が家にいないのは、彼が「むしやうに犬好き」であることが、「鳥も愛さず、犬も猫も愛さず、その代りに人間だけに不断の興味を寄せてきた」鏡子とのいさかいを招き、「七疋《ひき》のシェパァドとグレートデン」とともに家から追いやられたからであった。

この追いやられた父を、真砂子は呼び戻そうとする。たとえば、第一部第一章では真砂子は父親の写真を手に取って眺めながら、「待つてゐなさい。いつか真砂子がきつとあんたを呼び戻してあげるから」と「深夜に目をさましたときの儀式の慣例のやうに、口のなかでこつそり」言う。あるいは中盤の第一部第四章では、彼女の部屋に「幼ない鉛筆の字で、一面に「パパ　パパ　パパ」と書いてある」紙片が玩具の家の中に入れてあるのを鏡子が見出して「激怒」を覚えるのである。

こうした夫婦とその子供の関係性の描き方に、三島がこの作品に込めた方向性が見られる。「犬好き」であることから、家から主人が追いやられるという設定はいかにも非現実的だが、鏡子が終戦時のアナーキズムの担い手であることを前提すれば、それは戦中的な〈天皇〉の追放を意味するものとして受け取られる。

その終戦時のアナーキスト的言説家であった坂口安吾は、一九四七（昭和二十二）年の『堕落論』で「天皇は時に自ら陰謀を起したこともあるけれども、概して何もしておらず、

（中略）結局常に政治的理由によってその存立を認められてきた」存在にすぎないと述べたが、戦時下の体制からの揺り戻しもあって、終戦時にはこうした天皇を相対化する言説は珍しくなかった。

一九四六（昭和二十一）年の食糧メーデーで「朕はタラフク食ってるぞ、ナンジ臣民飢えて死ね」というプラカードが掲げられたのはよく知られているが、翌四七年十一月には、京都大学の学生が「私達は一個の人間として貴方を見る時、同情に耐えません」という一文に始まる、戦争責任を問う質問状を巡幸中の昭和天皇に差し出そうとして物議をかもした。天皇自身も一九四六年元日のいわゆる「人間宣言」によって自身の神性を否定し、また同年十一月に公布された新憲法において、天皇は「国民統合の象徴」として位置づけられることで統治権の主体ではなくなっていた。

こうした過程で天皇は〈神〉でなくなるとともに、国民の意識においても、その存在を小さくしていくことになった。『鏡子の家』の鏡子が「人間だけに不断の興味を寄せてきた」のは、とりもなおさず〈神〉のような彼岸的な存在に興味を向けないということであり、彼女が終戦時のアナーキズムと、それにつづく戦後民主主義的な空気のなかを生きてきた人物として設定されている以上、それは自然な性向であるだろう。

若き日の昭和天皇（摂政時代）。1925 年 1 月撮影
（提供　朝日新聞社）

そこからも、戦後の時空に相当する「鏡子の家」から追いやられていた彼女の夫、あるいは真砂子の父が〈神〉であった戦前、戦中の天皇を示唆していることが分かる。だからこそ戦後的世界を自分のものとして生きてきた鏡子は、父親の帰還を願う真砂子の行為に「激怒」しなくてはならないのである。真砂子の父親が〈天皇〉を示唆することは、彼女が見つめる「追ひ出された父親の写真」の叙述からもうかがわれる。

それはいかにも気力のない、肉の薄い、しかし端麗な若い男で、縁なし眼鏡をかけ、頭を七三に分け、神経質に固く締めたネクタイのごく小さな結び目を襟のあひだに見せてゐる。

この貴族風の男の叙述は、「気力のない」という点をのぞけば、たとえば前ページの写真のような、若き日の昭和天皇の姿を想起させる。

真砂子が呼び戻そうとする相手が、単に別れた父親でないことは「待つてゐなさい。いつか真砂子がきつとあんたを呼び戻してあげるから」という真砂子のつぶやき方にも現われている。それは、あたかも他界の霊を召喚しようとする巫女の言葉であるかのようであり、それが深夜の儀式になぞらえられているのも、そこに呪術的な色合いが伴っていることを示唆している。「パパ　パパ　パパ」と記された紙片の集まりに鏡子が怒りを覚えるのも、それが護符のような呪術性を感じさせたからであろう。

犬に与えられた寓意とは

もちろん昭和天皇が、鏡子の夫のように犬を偏執的に好んで飼っていたわけでないが、ここでの「犬」は家庭で飼われる動物というよりも、象徴的な含意において言及されていると見なされる。

とくに作品の末尾で、鏡子の夫が「七疋のシェパァドとグレートデン」とともに帰還し、その瞬間「あたりは犬の咆哮にとどろき、ひろい客間はたちまち犬の匂ひに充たされた」という場面については、これまで野口武彦が、「俗悪と卑俗」が戦後の日本社会を覆っていく趨勢の象徴と見なし（『三島由紀夫の世界』講談社、一九六八）、江藤淳がやはり犬の吠え声に「実在の象徴」を見ている（「三島由紀夫の家」『群像』一九六一・六）ように、犬を世俗の象徴として捉えることが多かった。

けれども、犬はその身近さによって日常や世俗の象徴となるだけでなく、それと逆行するイメージも備えている。それはこの時期に三島が親しんでいた民俗学的な地平における記号性である。

三島は『裸体と衣裳』で「私はどういふものか、このごろ南方熊楠《みなかたくまぐす》や折口信夫《おりくちしのぶ》に夢中」であり、彼らの著作が「私を行方も知らぬ深い夜の中へ連れ出す」と記しているが、この記述は『鏡子の家』に盛り込まれたものを示唆している。

父親を召喚しようとする真砂子の巫女的な行為にしても、巫女を文学の起源の担い手として重んじた折口の言説とつながる文脈をもち、またその父親自身が家庭から追いやられ、どこでどのように暮らしているのかも示されない点で、「深い夜の中」の住人として位置づけられていたのである。

犬については、民俗学的な知見のなかでは、人間の生と死に関与する動物としての輪郭が与えられている。宮田《みやた》登《のぼる》の『ヒメの民俗学』（青土社、一九九三）では、『日本書紀』に含まれる、埋められた主人の遺体を嗅ぎつける犬の話などの事例が紹介され、「犬供養」の風習への言及でも「犬があの世とこの世の境界領域に存在している」という見方が示されている。

また南方熊楠の『十二支考』の「犬に関する民俗と伝説」（一九二二）では、仏典に多く含まれる「犬が人に生まれた譚」への言及がなされている。あるいは作中で夏雄が愛読する書物として挙げられている平田篤胤《ひらたあつたね》の『仙境異聞《せんきょういぶん》』には、口寄せの巫女が死者の霊と交信する能力を高める道具として「犬の頭」が用いられることが多かったことが語られている。

こうした民俗学的な文脈を考慮し、またそれに執筆時の三島が強い関心をもっていたことを念頭に置けば、『鏡子の家』における犬が、決して世俗的な現実を象徴する動物としてだけでは捉えられないことが分かる。

むしろ鏡子の夫が戦前、戦中の天皇を象《かたど》る存在であるならば、彼が伴っている犬たちとは、天皇の名のもとに死んでいった兵士たちの霊のことであるともいえよう。現実に彼らの多くは戦場で虚《むな》しく〈犬死《いぬじに》〉をしていったのである。そのように考えれば、戦後的潮流の担い手である鏡子が彼を嫌悪し、その家から追いやることになったのは当然であるといえるだろう。

三島が水仙の花に求めたもの

『鏡子の家』を読む際に見過ごすことができないのは、〈時代を描く〉という三島の企図の下で目立たなく投げ込まれた、こうした現実世界の彼岸への眼差しである。『裸体と衣裳』

には「私は今、一向に旅心を誘はれない。海のかなたに何があるか、もうあらかたわかつてしまつた」と記されているが、この時点での三島にとって、現実世界は「海のかなた」まで含めて、すでに自分を脅《おびや》かすものでも、魅了するものでもなくなっていた。

折口信夫や南方熊楠の民俗学は、そうした三島の視線を吸収する領域となっていたと考えられる。だとすれば、現実世界の彼方に眼を向ける人物が作品に置かれても何ら不思議はないはずである。逆にいえば、そうした意識をもちつつ〈時代を描く〉という企図を具体化しようとしたことが、この作品を成功に導かなかった要因でもあるといえよう。

明敏な三島がその齟齬《そご》に気がつかなかったはずはないが、あるいは時代の描出という狙いの強調は、そこに秘かに込めたもののカムフラージュであったのかもしれない。

『鏡子の家』で彼岸への眼差しを担っているのは、追いやられた父親を召喚しようとする真砂子とともに、絵が描けなくなった状態を、神秘的な世界との関わりによって乗り越えようとする画家の夏雄である。

夏雄は中橋房枝《なかはしふさえ》という霊能師的な人物に「鎮魂の法」を教わり、みずから探し出した正円に近い石である「鎮魂石」を凝視しつづける修行をおこなう。この修行で夏雄は「鎮魂石」を「他界に通ずる唯一の扉のノッブ」として捉え、この石を凝視することによって神秘の在り処としての他界とつながろうとするのである。

夏雄は結局この試みに成功しないが、それは夏雄が「鎮魂石」を「他界」への通路としようとするのが、本来の「鎮魂の法」とは別個の努力だからであろう。

作中で引用される「美多万乃布由《みたまのふゆ》、又美多万布利《みたまふり》といふ事の考」の一節を含む伴信友《ばんのぶとも》の『比古婆衣《ひこばえ》』や『鎮魂伝』では、「鎮魂」と「招魂」の差違について繰り返し言及され、前者が魂を「身体の中府に鎮むる」(『鎮魂伝』)ことを指すのに対して、後者は「死者の魂を招き還す方」(『比古婆衣』)であり、とりわけ宮中で催される「鎮魂祭」に「招魂」の含意を押し当てることを固く戒《いまし》めている。

夏雄の修行においては、伴信友的な文脈において鎮魂の輪郭を与えておきながら、実際に彼が希求するものは招魂や帰神に含意される他界的な神秘性なのである。そのズレのなかで他界に接近しようとする夏雄の修行は成功に至らないが、この志向が追いやられた父親を「招魂」しようとする真砂子のそれと重ねられることは見逃せない。両者はいずれも日常的な現実世界の外側とつながろうとする営みであり、その重なりがもたらす色付けによって、夏雄にもたらされたものの象徴性が明確になる。

夏雄は一連の修行の後、枕の傍《かたわ》らに「一茎の水仙」を見出すことによって新しい局面に導かれる。作品がはらむ文脈を踏まえれば、この「一茎の水仙」は夏雄の到達しなかった他界的世界の代理的な形象にほかならない。

　この白い傷つきやすい、霊魂そのもののやうに精神的に裸体の花、固いすつきりした緑の葉に守られて身を正してゐる清冽な早春の花、これがすべての現実の中心であり、いはば現実の核だといふことに僕は気づいた。世界はこの花のまはりにまはつてをり、人間の集団や人間の都市はこの花のまはりに、規則正しく配列されてゐる。世界の果てで起るどんな現象も、この花弁のかすかな戦《そよ》ぎから起り、波及して、やがて還つて来て、この花蕊《かずい》にひつそりと再び静まるのだ。

（傍点引用者、第十章）

夏雄が鏡子に向けて語るこうした水仙の姿は、それに込められた象徴性をよく物語っている。重要なのは、水仙に現実世界の秩序をもたらす「中心」や「核」となる位置が付与されていることだ。それは明らかに三島由紀夫が天皇の存在に求めることになる属性にほかならず、その点で真砂子の営みと夏雄の経験した神秘的な出来事は相似的な近しさを帯びている。

そして物語が、終盤に語られるこの「一茎の水仙」の挿話から真砂子の父親の帰還に至る展開で終わっているのは、三島がこれ以降、戦前、戦中的な彼岸性を帯びた〈天皇〉を自身の世界に導き入れることの秘かな宣言として見ることができるのである。

数多く描かれた父親の挫折

けれどもこうした彼岸的存在としての〈天皇〉は、同時にそれが追いやられている戦後の現実と背中合わせである。真砂子が呼び戻そうとする父親の像が、「いかにも気力のない、肉の薄い」という否定的な修飾とともに提示されていたのは、それが暗喩する超越性をもった天皇がすでに現実には存在しえず、実在する天皇が「象徴」という曖昧な位置で生きつづけている状況を暗示していた。

明治憲法下のいわゆる家族国家観においては、天皇は一国の家長として位置づけられ、国民はその「赤子《せきし》」と見なされていた。一方、新憲法の規定において戦後の天皇は〈神〉でなくなるとともに、一国を率いる家長としての位置からも降りることになった。

真砂子の父親が家から追いやられ家長としても生きえなくなっている設定は、その戦後のあり方とも呼応していたが、皮肉なのは、むしろそうした形において、三島の作品世界に父親ないし家長としての位置をもつ人物が多く現われるようになることである。

『鏡子の家』もその一例であったが、三島の三十代後半、つまり一九六〇年代前半に書かれた『美しい星』（一九六二）、『午後の曳航』（一九六三）、『絹と明察』（一九六四）といった作品のいずれにも、一家ないしそれに見立てられる共同体の長たろうとし、しかもそれに失敗する人物が描かれる。

『美しい星』では、自分たちを異星人として認識する家族が主要人物となるが、その父親はやはり別の星から来たと称する男たちに論戦を挑まれ、論破されて自身の拠り所を失ってしまう。『午後の曳航』では、二等航海士の男が横浜の洋装店の女主人と恋愛関係になり、彼女と結婚して海を捨てようとすることで、彼女の息子を含む少年たちに処刑されることになる。また『絹と明察』の主人公である、社員を家族と見なす理念によって企業を経営する人物は、その理念に背かれ、企業という家の長であることを拒まれてしまうのである。

こうした家長ないし父親としての男性に、三島がこだわりを示すようになったのは、一つには自身が結婚して一家を構えるに至ったことを反映している。

三島は『鏡子の家』執筆中の一九五八（昭和三十三）年六月に日本画家杉山寧《すぎやまやすし》の長女瑶子《ようこ》

と結婚し、また翌五九（昭和三十四）年五月には竣工したヴィクトリア朝の反風土的な家に移り、そこでの生活を始めている。また一九六二（昭和三十七）年五月には長男威一郎《いいちろう》が誕生し、みずから〈父親〉となっている。

今挙げた三つの作品はいずれも長男誕生以降に刊行された作品であり、その起点に三島自身の父親としての意識があることは否定できない。実際三島は『絹と明察』刊行後の『朝日新聞』（一九六四・一一・二三）のインタビューで、「この数年の作品は、すべて父親というテーマ、つまり男性的権威の一番支配的なものであり、いつも息子から攻撃を受け、滅びてゆくものを描こうとした」と語っている。

戦後天皇への否認――〈神〉から〈人間〉へ

けれども実際の作品においては、「父親というテーマ」は認められるものの、『美しい星』の父親が「攻撃を受け」るのが、地方都市から来訪した男たちによってであるように、必ずしも現実の「息子」が「父親」を攻撃するわけではない。三作品のなかで、血のつながった「息子」の攻撃によって「滅びてゆく」父親は登場していないのである。

おそらく三島の意識に強くあったものは、「男性的権威の一番支配的なもの」が「父親」

という形において「滅びてゆく」姿を物語化することであっただろう。それはとりもなおさず天皇という、戦前、戦中において「一番支配的」であり、日本という国の〈家長〉であった存在の支配性が、戦後の時空のなかで無化されていく構図に相当する。

『鏡子の家』を含む四作品に共通するものは、むしろ一家の長としての父親になることに失敗する男たちの姿である。真砂子の父親は妻に追いやられることで父親たりえなくなるが、前節で言及した三作品のなかで、もっとも明瞭にその様相を呈しているのが『午後の曳航』の二等航海士龍二である。龍二が洋装店を経営する房子と結婚することは、ロマン的世界としての〈海〉を捨てて世俗の現実に従えられることであり、それを房子の息子登を含む早熟な少年たちが許容しえなかったのだった。

『午後の曳航』は、三島がインタビューで語った「息子から攻撃を受け、滅びてゆくもの」としての父親という主題にもっとも沿う展開をもつ作品だが、登は厳密には「息子」ではなく、龍二が見限ったロマン的世界に執着する少年である。初め彼は龍二に憧れを抱くが、それは彼が海というロマン的世界の住人だったからであり、龍二を許し難く思うようになるのは、彼がそこから離れて世俗の一角に登録されたからにほかならない。

この作品の創作ノート（新版全集所収）にも「つひに船員を英雄に保つには、殺す他はなくなる。母と愛し合つて、彼は今や父にならうとしてゐるからである。父になつては大変」（傍点引用者）と記されており、登は「父親」を殺すのではなく、「父親」になろうとする人間、いいかえればロマン的世界の「英雄」から世俗の凡人に成り下がった人間を処罰しようとするのである。

龍二の示す変容が、〈神〉から〈人間〉に移行した戦後の天皇のそれと照応することは明らかだろう。いいかえれば登たちの龍二への断罪は、一家の長たりえない人間がその位置に着き、統治者的に振る舞おうとすることへの否認である。それはすなわち戦後の天皇が日本という〈家〉の長ではありえないことの宣告にほかならなかった。

失われた超越性

もちろん戦後、昭和天皇が統治者的な振る舞いを示そうとしたことはなく、新憲法の枠組みにおける国事行為を遂行してきたにすぎない。三島が描こうとしたのは、家長ないし父親としての位置を揺るがされる男たちの描出を通して浮かび上がる、一国の家長としての超越性をもった戦前、戦中的な天皇が不在となった状況である。

それをもっとも寓意的に描いているのが『絹と明察』で、主人公の紡績会社の経営者である駒沢善次郎《こまざわぜんじろう》は、大時代的な家族主義によって社員を統括しようとするにもかかわらず、結局ストライキを敢行されてそれを果たしえなくなる。

駒沢は「わしはほんまに、わしが父親《てておや》で、うちの工場で働らいているもんは、娘や息子や思ふてます」と語るものの、ストライキの首謀者の一人となる大槻《おおつき》という若い社員に「争議が起るまで、あなたはその息子や娘の顔を、一つ一つじつくり眺めたことが一度でもありますか」と糾弾されてしまうのである。

〈子供〉であるはずの人間から〈父親〉であることを否定される構図は『午後の曳航』と同じであり、そこに込められた含意も共通している。もっとも大槻は、純粋に駒沢の経営方針に耐えかねて立ち上がったというよりも、副主人公的に登場する岡野という虚無的な男の策謀に動かされた面が強い。

駒沢は家族主義を標榜し、社員たちの〈父親〉であろうとする一方で、深夜労働を活用して生産性を上げるなど、完全に資本主義の論理によって社員を支配しているにもかかわらず、その〈父親的〉な振る舞いに幻惑されて社員たちはその矛盾になかなか気づかない。岡野は大槻をそこに振り向かせることによって、ストライキへと誘導するのである。

駒沢の内実は凡庸な利益至上主義者だが、半ばは自分自身の言説に感染しつつ共同体としての企業の〈家長〉を自任している。その欺瞞《ぎまん》を岡野に導かれた大槻らによって暴《あば》かれ、糾弾されることになるのである。駒沢が辿る軌跡に込められたものはやはり、超越性を帯びた家長が存在しえない状況であり、『午後の曳航』と同じく戦後の天皇への相対化にほかならない。

実際『絹と明察』の駒沢には天皇に見立てられる描出が施されている。会社という共同体の社員を自分の子供になぞらえる着想が戦前の「家族国家」を想起させるだけでなく、「各工場の一番目につきやすい壁面」には、あたかも戦前の家庭における「御真影」のように、駒沢の「肖像写真」が飾られているのである。それを傍証するように、奥野健男の『三島由紀夫伝説』（新潮社、一九九三）には三島が「この主人公駒沢善次郎は今の天皇（昭和天皇）のことを象徴的に書いたのだ」と語ったという挿話が紹介されている。

それを敷衍《ふえん》すれば、『午後の曳航』の龍二や、『美しい星』の重一郎にもやはり「今の天皇」の暗喩が込められていたことが推察される。しかし『絹と明察』の岡野の知人である秋山が、事件の推移に対して「最後の共同体《ゲマインシャフト》原理の崩壊かね」という感想を口にするように、戦前、戦中の天皇を核とする地縁、血縁的な「共同体《ゲマインシャフト》」はすでに「崩壊」しており、経済発展のなかで物質的な利益の追求を第一義に置く〈利益共同体《ゲゼルシャフト》〉のなかにしか人びとは身を置いていなかった。そのためそこで血縁的な「共同体《ゲマインシャフト》」の家長として振る舞おうとする駒沢は、『午後の曳航』の龍二と同じく否認されざるをえないのである。

そして龍二が「海」の住人であった時にだけ「英雄」でありえたように、超越性を帯びた存在は現実世界の彼岸にしか生きえないことになり、そこから三島独自の理念のなかで超越的な彼岸性を帯びた天皇の像が構築されていく。『鏡子の家』の構図に暗示されていたように、これ以降、三島的天皇の像は、現実的なみすぼらしさと理念的な超越性の二面性をはらみつつ展開されていくが、三島は次第に後者を自身の拠り所として、現実世界を突き放す方向に進んでいくことになるのである。

第五章　現実への断念と彼岸への超出

――『サド侯爵夫人』と戦後日本批判

不在の夫サドの存在感

『鏡子の家』（一九五九）や『午後の曳航』（一九六三）、『絹と明察』（一九六四）などに見られる、不在の夫、あるいは否認される家長の系譜をなすもう一つの重要な作品は、三島の代表的な戯曲として世評の高い『サド侯爵夫人』（一九六五）である。

時期的にもこれらの作品につづく一九六五（昭和四十）年に書かれたこの戯曲では、「サディズム」で知られるマルキ・ド・サド侯爵の生涯がモチーフとされていながら、登場してくるのは妻ルネやその母であるモントルイユ夫人、あるいはモントルイユの邸に出入りする貴婦人たちといった六人の女たちで、サド自身は最後まで姿を現わさない。それは劇が進行していく時間、サドがもっぱら牢獄で過ごしているからだが、ルネは終盤二〇年近くを経て自由の身となった夫サドとの面会を拒み、修道院に入ってしまうのである。

夫が不在の時間を妻が過ごしているのは『鏡子の家』と同じ構図であり、家長であるべき人物がその位置を確保できなくなるのは『午後の曳航』や『絹と明察』と通じている。とりわけ『鏡子の家』との構図的な近似性は明瞭で、室内劇という特性を生かす形で、『サド侯爵夫人』においても〈家〉という空間がサロンとして中心的な意味をもち、その空間を出入りする人びとのやりとりが劇を展開させていく。

両者の差違をなしているのは、そこで不在となっている人物の重みである。「鏡子の家」から追いやられた鏡子の夫は、物語の展開にはほとんど関わらず、鏡子の娘である真砂子以外の登場者の意識に影響を及ぼしていない。一方、『サド侯爵夫人』では、サドは不在の主として重い影を投げかけ、登場するルネをはじめとする女たちの意識と行動を縛っている。劇は終始サドの所行をめぐる様々な噂や情報の交換によって進んでいき、不在のサドの影は片時も舞台から消えることはないのである。

冒頭から語られていくサドの所行は、後世彼を「サディスト」として知らしめることになったものであり、基本的にはサド侯爵の伝記的な事実に基づいている。周知のようにこの作品は澁澤龍彦の『サド侯爵の生涯』（桃源社、一九六四）に依拠して書かれており、三島がその叙述をどのように取り込み、劇の世界へと変容させていったかが問題となる。

その様相については追って見ていくが、澁澤の評伝に付された年譜によれば、一七七二年三月二十七日にサド侯爵はマルセイユ市オーバーニュ街の私娼窟で娼婦たちを集め、彼女たちを「鞭打したりして乱行を重ねる」行為に耽《ふけ》った。その後この際の娼婦たちの訴えと証言によってサドに逮捕令状が出され、サドは姿をくらましたものの十二月八日に捕縛されている。

『サド侯爵夫人』第一幕はこの事件を間近な話題として展開していき、つづく第二幕はその六年後の「一七七八年晩夏」に設定されている。この間サドは捕縛、投獄の後脱獄に成功して各地を転々と逃げ回ったあげく、七七年二月に再度捕らえられている。

七八年六月末に、プロヴァンス高等法院でマルセイユ事件の判決が破棄されたものの、九月にサドは結局獄に送られることになる。それ以降サドはヴァンセンヌ・バスティユの牢獄、及びシャラントンの精神病院などで日々を送っている。そして一七九〇年四月にシャラントンを出て自由の身となったにもかかわらず、ルネは帰還したサドと会おうとせず、別居の道を選ぶのである。

一七七八年の判決の破棄から再度の投獄に至る展開は第二幕の話題となっており、九〇年の解放と、ルネによる面会の拒否は第三幕の結末を形成している。

三島を強く惹きつけたのは、サド自身の身の上というよりも、妻であるルネの選択であり、「サド侯爵夫人があれほど貞節を貫き、獄中の良人に終始一貫尽していながら、なぜサドが老年に及んではじめて自由の身になると、とたんに別れてしまふのか、といふ謎」(「跋」一九六五)に対する解明を与えることが、この戯曲のモチーフであると語っている。

戯曲の内容はまさにその具体化となっているが、それを焦点化するために三島は伝記的な事実に基づきながら、サドとルネの軌跡に若干の変改を与えている。

三島の作品では、ルネはサドが獄中にあるからこそ「貞節」を尽くすという描き方をされているが、年譜によればルネはしばしば獄中のサドを訪問しており、バスティユの獄に捕えられてからは一カ月に二度ずつ面会をしている。また戯曲の帰結では、ルネはサドとの再会を拒んで修道院に入ることになっているが、実際は解放の時点ですでにルネは修道院の人となっており、そこで夫との面会を拒んで別居の意志を表わしている。


なぜサド侯爵夫人は夫との面会を拒んだのか

こうした変改の施し方に、三島が抱いた「謎」に対する〈解答〉の方向性が見て取れるだろう。つまり、ルネが「貞節」を尽くす相手としての夫サドは、あくまでも手の届かない距離のなかに置かれた存在であり、たやすく手に触れうる身近な相手になった時、サドはすでに彼女の「貞節」の対象でなくなっているのである。

それを強調するのが、帰還したサドに施された身体的な描写である。ルネのもとを訪れたサドの姿を、家政婦のシャルロットは次のように語っている。

あまりお変りになつてゐらつしやるので、お見それするところでございました。黒い羅紗《ラシャ》の上着をお召しですが、肱のあたりに継ぎが当つて、シャツの衿元もひどく汚れておいでなので、失礼ですがはじめは物乞ひの老人かと思ひました。そしてあのお肥《ふと》りになつたこと。蒼白いふくれたお顔に、お召物も身幅が合はず、うちの戸口をお通りになれるかと危ぶまれるほど、醜く肥えておしまひになりました。目はおどおどして、顎を軽くおゆすぶりになり、何か不明瞭に物を仰言るお口もとには、黄ばんだ歯が幾本か残つてゐるばかり。

（第三幕）

こうした姿はある程度事実に沿ったものであり、澁澤の評伝に引用された書簡でもサドは「運動不足のため、ほとんど身動きもできないほどの肥満した体軀になりました」とみずから語っている。三島の戯曲ではこのサドの肉体的な零落が強調されており、あたかもサドが華々しい「サディスト」としての光輝を失って凡庸な老人になり果てたことが、ルネが彼を拒絶した理由の一端であったかのような趣きが与えられている。

むしろ三島の眼目はそこにあり、サドが負の領域において保っていた超越性を失ったことが、ルネの「貞節」の根拠を消し去っているのである。もっとも、ルネが夫との共生を拒んだ現実的な理由は、澁澤の評伝で忖度《そんたく》されている。それによればすでに修道院に入り、「熱心に宗教上のお勤めに励むようになっていた」ルネにとって、夫の存在は「必要ではなく、煩《わずら》わしいものでさえあった」のであり、サド自身が解放の時点でそうしたルネの意向に「薄々感づいていた」とされる。

こうした記述を念頭に置けば、三島がルネの離別の理由を「謎」と称するのは、自身の把握の枠組みのなかでその意味を差し出すための、やや韜晦《とうかい》的な表現であるといえるだろう。そこに三島が込めたものを探るのは、さほど困難なことではない。それは『午後の曳航』の末尾における龍二の処刑や、『絹と明察』の後半における駒沢への叛乱と同様の意味合いをもっている。

この二作では、父親ないし家長たりえない人物が、家や共同体の中心を占めようとしてそれに失敗することになるが、サドがルネの夫としての位置を取り戻そうとして妻に拒まれる『サド侯爵夫人』の帰結は、それらとのアナロジーをなしているからである。

サドの肥満した肉体が示す戦後の天皇

その重なりに力点を置けば、この作品に込められた主題はおのずと浮上してくることになるだろう。

それは『午後の曳航』や『絹と明察』においてそうであったように、明らかに日本という〈家〉の〈家長〉でありえなくなった戦後の天皇への否認にほかならない。むしろ龍二や駒沢にはらまれているよりも色濃い形で、帰還するサドの姿に、戦後憲法下における天皇と、それが象徴する戦後日本の照応が映し出されている。

サドの肥満した肉体は、五年後の「無機的な、からつぽな、ニュートラルな、中間色の、富裕な、抜目がない、或る経済大国」(「果たし得てゐない約束——私の中の二十五年」一九七〇)という呪詛へと引き継がれることになる、経済成長によって物質的な豊かさを達成するとともに、精神的な自律性を失ったと見なされる一九六〇年代半ばの日本の比喩にほかならない。そしてその時代の「象徴」として戦後の天皇が想定されている。

戯曲終盤におけるサドと戦後の天皇との照応は、作品のなかで強く示唆されている。夫との離別を決意したきっかけとしてルネが語っているのは、サドが書いた「ジュスティーヌ」という物語である。美徳に則って生きようとするにもかかわらず、苦しみに満ちた人生を強いられ、最後には雷に打たれて死んでしまうジュスティーヌに、ルネは自分をなぞらえ、こうした恐ろしい物語を書いたサドとともに生きることができないと考えるに至ったのだと言う。

この観念的な理由に対して母のモントルイユは首を傾《かし》げるが、この理由の抽象性にこそ、帰還したサドが戦後の天皇の比喩として語られている所以《ゆえん》が見出される。つまり、ルネにとってサドは恐ろしい世界の創造者となってしまい、自分たちがその世界に閉じ込められていると感じられる。ルネはそのサドについて「何かわからぬものがあの人の中に生れ、悪の中でもつとも澄みやかな、悪の水晶を創り出してしまひました。そして、お母様、私たちが住んでゐるこの世界は、サド侯爵の創つた世界なのでございます」と断定している。

やはり現実的には理解し難いこの科白も、これまで捉えてきた寓意の地平に置けば容易に理解される。

「サド侯爵」を「戦後の天皇」に置き換えれば、「私たちが住んでゐるこの世界」とは、国民が国を守ることよりも物質的な繁栄を手にすることに精力を注いでつくり上げた、「悪の水晶」として見なされる〈戦後日本〉を指していることが分かる。そしてその間、天皇は戦争責任を免れた曖昧で「ニュートラル」な位置で生きつづけることで、文字通り戦後日本を

「象徴」する存在となったのである。

その意味で確かに「私たちが住んでゐるこの世界」は、戦後の天皇が「創つた世界」にほかならなかった。それゆえ作中のサドには、物質的な肥大を表わす、醜く肥った肉体が最後に与えられているのである。

サディスティックな〈神〉

そこから逆に見れば、第一幕、第二幕でルネをはじめとする女たちの言説に現われる、破天荒な「サディスト」としてのサドは、戦前・戦中の〈神〉としての天皇に相当することになる。

また戦前・戦中の天皇を「サディズム」の本尊になぞらえることには、現実的な根拠があるともいえる。なぜならこの時代における天皇は、軍の統率者として二〇〇万人を超える戦死者をもたらし、また内地においても空襲によって約八〇万人の死者を生み出すという悲惨な事態を招いた主体だからである。

こうした照応から『サド侯爵夫人』では、中心人物によって「サディスト」としてのサドには絶対的な輪郭が施されている。サドの共感者として登場するサン・フォン夫人は、サドの所行を無垢《むく》な心の産物として捉え、その主体としてのサドを、どこまでも世俗の悪人とは異次元の彼岸的な領域に置こうとする。また妻のルネは、夫の罪を認めながらも、「良人の罪がその程を超えたのなら、私の貞淑も良人に従つて、その程を超えなければなりません」と、その怪物性に歩みを合わせた〈貞淑の怪物〉になろうとするのである。

そして自身の足場を固めるかのように、彼女の意識のなかでも、サドの怪物性は純化され、彼岸化されていく。第二幕ではルネが「貞淑」の姿勢によって「この世の掟も体面ものこらず踏みにじつていく」ことを言明したのに対して、モントルイユに「ならずものに打込んだ女はみんなさう言ふのね」と皮肉られると、ルネは、「アルフォンスはならずものではございません。あの人は私と不可能との間の閾《しきい》のやうなもの。ともすれば私と神との間の閾なのですわ。泥足と棘《いばら》で血みどろの足の裏に汚れた閾」と断定している。

ここではサド自身が〈神〉であるとは言われていないものの、そこにつながる「閾」に見立てられている点で、限りなく彼岸の域に近い存在として語られている。

この神的な彼岸性は、決して澁澤龍彦の評伝のなかに描き出されたサドに付与されていたものではない。澁澤が捉えるサドは、愛欲の自然な発動に従った行為が反社会的なものであることを知らされた後も、この愛欲の形を自己の宿命として全うするべく、社会と対立しつづけた一個の「リベルタン」であった。

三島の戯曲におけるルネの詩的な修辞は、サドをそれよりもはるかに彼岸的な域に置き、その姿を現実から離脱させていこうとしている。現に第二幕で、サドについて「あの人は快楽の働き蜂なのですわ。蜜をかもし出す、血の色をした花々は、決してあの人の恋人ではありません」と語るルネについて、妹のアンヌは「お姉様は何でもそんな風に、理解と詩でアルフォンスを飾つておしまひになる」と評し、先に引用した、サドを「私と神との間の閾」になぞらえる表現についても、モントルイユは「又お前の迂遠な譬《たと》へ話がはじまつた」と揶《や》揄《ゆ》するのだった。

「理解と詩」で対象を包み、「迂遠な譬へ」でそれを飾ろうとする姿勢は、明らかに〈詩人〉のものである。ルネはこの劇の世界において、夫サドを自身の想像力の域に置き、そこで言葉による絶対化を施し、その像に「貞節」を尽くすことで〈妻〉としての責務を全うしようとするのだといえるだろう。

天皇の二つの姿——ザイン（現実）とゾルレン（理想）

このルネの営為が、第三章で眺めた、実体としては凡庸な対象を想像力の内で美化し、絶対化していく、三島的な美の論理の一環を担っていることは明らかだろう。『サド侯爵夫人』は『金閣寺』（一九五六）とともに、こうした三島的美学の典型をなしているといってもよいが、両者が三島の戯曲と小説のそれぞれ代表作として位置づけられていることは、やはりこの論理が三島文学の核心を占めていることを示唆している。

そしてあえて第三章では言及しなかったが、三島の世界でこの論理が行き着く地点が〈天皇〉であることはいうまでもない。天皇の存在に対して、三島はまさにルネ的な「理解と詩」による絶対化を施し、それを日本文化の核として描き出そうとした。それは裏を返せば、三島が現実の昭和天皇を、ありふれた肉体と内面をもった個人として見なしていたということでもある。

三島が昭和天皇自身に対して何ら尊崇や愛着の念を抱いていなかったことは、いくつかの場所での発言からうかがわれる。

第一章でも引用したように、晩年の古林尚との対談（「三島由紀夫最後の言葉」一九七〇）では三島は、「ぼくは、むしろ天皇個人にたいして反感を持っているんです。ぼくは戦後における天皇人間化という行為を、ぜんぶ否定しているんです」と語っている。またその前年の一九六九（昭和四十四）年五月におこなわれた東大全共闘との討論で、三島は「いまの天皇は非常に私の考える天皇ではいらっしゃらない（笑）」（傍点原文）と、やや冗談めいた口振りで断定していた（『討論　三島由紀夫VS東大全共闘』）。

その意味で三島にとって天皇は対極的な二つの形で存在していたが、三島自身が一九六〇年代後半の評論において、「ゾルレン」（理念、理想）と「ザイン」（現実存在）という対照性でこの天皇の二様のあり方を語っている。

東大全共闘との討論をまとめた「討論を終へて」（一九六九）でも三島は「現実所与の存在としての天皇をいかに否定しても、ゾルレンとしての、観念的な、理想的な天皇像といふものは歴史と伝統によって存続し得るし、またその観念的、連続的、理想的な天皇をいかに否定しても、そこにまた現在のやうな現実所与の存在としてのザインとしての天皇が残る」と述べている。

もちろん三島にとって貴重であるのは、あくまでも「理解と詩」のなかで構築されるゾルレンとしての天皇であり、「すべてもとの天照大神《アマテラスオオミカミ》にたちかえってゆくべき」（「三島由紀夫最後の言葉」）存在にほかならなかった。一方「今上天皇はいつでも今上天皇」であり、「大嘗会《だいじょうえ》と同時にすべては天照大神と直結しちゃう」（「同」）という構造が三島の天皇観の基底をなしている。

にもかかわらず見逃せないのは、天照大神《アマテラスオオミカミ》へと還元されるゾルレン性のなかで天皇のあるべき姿が捉えられている一方で、現存する「今上天皇」というザインがそこへと「直結」すべき前提的な〈素材〉として求められているということである。そして天皇という主題に限らず、三島的な美がこうした現実の凡庸な素材を核として、それを想像力のうちで肥大させることによって成り立っていることは、第三章で眺めたとおりである。

金閣の「実相」が火をつければ燃えてしまう、みすぼらしい三階建の木造建築であったとしても、それがあるからこそ溝口の内で美の象徴としての金閣が構築されるのであり、『仮面の告白』(一九四九)の「私」を惹きつける同級生近江も、本当は「ありふれた青年の顔」をもった人物であったとしても、その秀でた肉体と傲慢な振る舞いが「私」の内で事後的に美化され、魅惑の在り処となるのだった。

戦後日本への訣別宣言

三島由紀夫が〈美〉を追求する作家であると同時に、熾烈な現実批判の担い手でもあった二面性は、こうした美の論理と照らし合っている。ここで見てきたように、三島的な美はザインとゾルレンの間を、いいかえれば現実のみすぼらしさと観念的な絶対性の間を往還することによって構築されるものであるために、一面ではそのみすぼらしい現実は、観念としての絶対性を成立させるために必要な条件なのである。

そのため〈美〉を求める三島の眼差しは、むしろ卑小な現実に積極的に向かっていくことにもなる。三島の現実批判の眼差しはそこから生まれているが、次第にその対象としての現実を離れようとする方向性が強まることになる。

その趨勢は九年の隔たりのある『金閣寺』と『サド侯爵夫人』の間にもはっきりと現われている。つまり溝口が金閣に火を放つ行為が、戦後日本の自律性の欠如を告発する意味をはらんでいたのに対して、夫サドと面会をせずに別れを告げるルネの選択は、彼に対する直接的な批判自体を回避しているのである。

そこに戦後日本に対する失望の度合いを強め、批判や告発を投げかけるよりも、それと縁を切ろうとする三島の姿勢がうかがわれる。ルネが入ろうとする「修道院」は、『春の雪』(一九六五〜六七)の終盤で、主人公清顕の子供を身ごもり、それを堕胎した後に聡子が入る奈良の尼寺と同じく、世俗の現実世界の彼岸の暗喩であり、したがってルネの選択に込められたものが、次第に作者三島の内にせり上がってくる、現実世界の彼岸へ超え出て行こうとする意志であることは明瞭である。

このルネの選択について青海健《せいかいけん》は、ルネが「不可能」へ「飛翔しようとしている」とし、その「不可能」が「物語からも現実からも抜け出ている或るもの」であり、「「死」という絶対的存在者に冠せられた別名の一つであり暗喩《メタファー》である」という解釈を示している（『三島由紀夫の帰還』小沢書店、二〇〇〇年）。青海は『サド侯爵夫人』を一〇年前に書かれた『近代能楽集』の『班女《はんじょ》』（一九五五）と比較し、長年待った恋人が現われたにもかかわらず彼を拒んでしまう『班女』の主人公花子の判断が、「物語（虚構）讃美＝現実拒否」を意味しているのに対して、ルネの選択は「物語の拒否、現実拒否の主題」を語っているという。

夫との面会を拒むルネの選択を、三島自身の現実批判と重ね合わせつつ「不可能」への「飛翔」として捉える青海の解釈は、本書での捉え方とも重なるが、ルネと『班女』の花子の間には共通性も見出される。花子の拒否の寓意は簡明で、内面に築かれてしまった幻想の強度が、〈素材〉としての現実を否認したということである。

この構図自体はルネにおいても同様に存在するが、花子が最後にさらに〈本当〉の恋人を待ちつづけようとするのは、自身の幻想に叶う現実の出現を期待するということである。一方ルネが修道院に入るのは、幻想を充たす現実がもはや現われないという断念の表現にほかならない。

『班女』も現実を〈素材〉として美的な幻想を紡《つむ》ぎ上げていく三島的な想像力の構図をもつ作品だが、現実と幻想の合致に期待が寄せられている点では、むしろ現実への是認を底流させている。それに対して、ルネは「物語の拒否」をおこなっているというよりも、「現実拒否」の姿勢によって自身が抱く〈物語の純化〉を図ったのだといえるだろう。

また恋人の幻想に取り憑かれた「狂女」として現われる花子と対比的に、ルネの「現実拒否」はそれまでの確信犯的な「貞節」をくつがえす選択であるだけに、その逆転をもたらした判断の重さが浮かび上がってくる。すなわちルネは夫サドを否認しただけでなく、これまで彼に尽くしてきた自身の「貞節」自体を否認することになるのである。

それは作品の寓意性の地平に置き直せば、それまで「貞節」を誓ってきた天皇という存在に対する離別の宣言にほかならない。もっとも三島が天皇を日本文化の核として位置づける言説はむしろこれ以降の時期に紡ぎ出されていくのであり、一九六五（昭和四十）年の時点で天皇に離別したというのは矛盾に響くかもしれない。

けれども『文化防衛論』（一九六八）や『反革命宣言』（一九六九）などに代表される言説の基底に据えられている天皇は、あくまでも三島の現実批判の理念が託されたゾルレンとしての天皇であり、一個の肉体的存在としての昭和天皇ではない。先に引用したように、ザインとしての天皇を三島は尊重していなかったが、『サド侯爵夫人』にはその否認の姿勢が強く打ち出されているのである。

そして〈神〉でなくなって〈人間〉に成り下がった天皇が、とりもなおさず戦後日本の象徴であることを踏まえれば、三島はこの時点で戦後日本への訣別を宣言したのだと受け取られる。その点で五年後に訪れる三島の決起と自決は、この作品に明確に示唆されていると見なされるのである。

「十九年」という時間の意味するもの

この戦後日本への訣別の姿勢は、作品のなかに暗示的に描き込まれている。それを示しているものが、各幕の時間的な設定である。この戯曲の時間は第一幕が「一七七二年秋」、第二幕が「一七七八年晩夏」、第三幕が「一七九〇年春」にそれぞれ設定されている。とりわけ重要であるのが第一幕と第三幕の間の時間経過で、設定に従えばそれは一七年半、やや多めに数えても一八年である。にもかかわらず、劇のなかではそれとは違う時間が口にされているのである。

第三幕に登場するシミアーヌ男爵夫人は、第一幕の内容である、サドの所行をめぐる議論を追想して次のように語っている。

さうですわ。十九年前の秋のある日のこと、所も同じこのお邸ここのサロンで、サン・フォン様からサド侯爵のお話を伺つたことがございました。あれからもう十九年、……十九年たつたのでございますわ。

（第三幕）

またモントルイユも、サドに会うまいとするルネの決意を聞いて、「十九年のあひだお前が待ちこがれた自由の身になつてかえつて来ても？」と問いかけており、「十九年」という経過の時間が強調されている。本来の設定との間にあるこの一年強のズレに、三島が『サド侯爵夫人』に込めたモチーフが垣間見られる。つまりこの「十九年」は、昭和天皇が「人間宣言」をおこない、〈神〉でなくなった一九四六（昭和二十一）年から、作品が書かれた一九六五（昭和四十）年までの「十九年」を含意しているからだ。

時間設定のズレはこれ以外にも見られる。第三幕の冒頭のト書きには「（一七九〇年四月。すなはち第二幕の十三年後にして、フランス革命勃発後九ヵ月）」と記されているが、第二幕と

第三幕の間にある時間は一二年足らずであり、「十三年」ではない。

なお新潮社の『決定版（新版）三島由紀夫全集』では、これらの時間はそれぞれ「十八年」「十二年」と改められているが、『文芸』での初出、単行本、旧版全集ではすべて「十九年」「十三年」であり、本書ではこれに従っている。三島は決して〈計算間違い〉をしたのではなく、あえて設定からのズレをはらむ時間を用いているのだというべきだろう。

こうしたズレは当然三島の意識的な操作によって施されたものであり、そこにこの作品に込められた、戦後日本への批判意識が現われている。設定に逆行する時間差を、作品の執筆時を起点として遡及的に当てはめれば、第三幕＝一九六五年、第二幕＝一九五二年、第一幕＝一九四六年となるが、第一幕と第二幕に相当する年が、それぞれ戦後日本の節目に当たっていることは見逃せない。

つまり一九四六年が天皇の「人間宣言」がおこなわれた年であったのに対して、一九五二（昭和二十七）年はサンフランシスコ平和条約と日米安全保障条約が発効した年であり、『金閣寺』に色濃く見られた戦後の対米従属の関係性が問題化されてくる年であった。

第二幕の内容はそれと呼応しており、ここでサドはマルセイユ事件の判決の破棄によっていったん自由を得るものの、劇中でサン・フォンが「今ごろはサド侯爵は又牢屋に入れられておひでせう」と言うように、この年の九月には再度ヴァンセンヌの獄に収容されている。これはサンフランシスコ平和条約によって連合国軍の占領から解放されたものの、今度は日米安全保障条約によって対米従属という新たな「牢屋」に再び置かれることになった日本の帰趨と照らし合っているといえるだろう。

そしてこの年を含む「十九年」の間、三島は〈人間〉となった天皇に象徴される戦後日本の自律性の獲得を願いつつ、表現者として批判的営為をつづけてきたが、『サド侯爵夫人』を書く時点に至って、その「貞節」を振り捨てて彼岸的世界に赴く姿勢を明確にすることになったのである。

『斜陽』との近似性

もっとも三島自身の「十九年」前は二一歳であり、その時点から戦後日本への批判的意識を強く抱いていたとはいえない。また戦後日本において不在となった〈神〉としての天皇に、三島が「十九年」間「貞節」を尽くしたわけでもない。この年数はあくまでも執筆時から振り返る形で浮かび上がってきた虚構的なものであり、日本の〈家長〉としての天皇の不在という観念が抱かれるようになったのは、三島が三十代になってからのことであろう。

しかし『サド侯爵夫人』の末尾に記された「一九六五、八、三一」という擱筆の日付が示すように、ちょうど戦後二〇年を経過した一九六五（昭和四十）年半ばという時期にあって、あらためて〈戦後〉を総括するという意識が三島のなかに浮かんだとしても不思議ではない。その時に明確化されたものが、「人間天皇」に象徴される戦後日本が至り着いた、自律性の喪失と引き換えに物質的に肥大した姿であり、それが醜く肥満したサドのイメージによって描き出されていたのである。

興味深いのは、この作品に見られる、戦前・戦中の天皇が〈悪〉のイメージを伴いつつ絶対化され、一方戦後の天皇がみすぼらしい肉体によって表象されるという構図が、三島が嫌っていた作家の代表的な作品に認められることである。それは太宰治《だざいおさむ》の『斜陽』（一九四七）にほかならない。終戦後間もない時期に書かれたこの作品は、戦争をはさむ時代の変転のなかに生きる女性の姿を描き出しながら、その変転を象徴するものとして、天皇という存在の変容を透かし見せている。

三島が太宰を嫌ったのは有名な逸話であり、また多く指摘されるようにそこにはむしろ近親憎悪的な親近性が認められる。それは天皇に対する姿勢にも現われており、太宰もまた天皇への愛着を抱く作家であった。

太宰がそれを表明するのは終戦後においてで、戦時下への反動もあって「天皇の悪口を言ふものが激増して来た」状況において、太宰は「これまでどんなに深く私は天皇を愛して来たかを知つた」と語って、「保守派」を任じている（『苦悩の年鑑』一九四六）。あるいは別の随想的作品でも、「自由思想」への懐疑とともに「いまこそ何を措《お》いても叫ばなければならぬ事」が「天皇陛下万歳！　この叫びだ」と語ってもいる（『十五年間』一九四六）。

太宰のこうした発言は必ずしも時代に対するアイロニーとしてなされているだけではなく、半ばは本心が込められていると考えられる。

父が貴族院議員を務め、津軽の大地主であった太宰の実家は、祖父と父が高級官僚を務め、子供を学習院に通わせていた三島の家と同じく、天皇につながる〈貴族〉の近傍にあったといえる。『斜陽』の主人公かず子の家が没落貴族に設定されているのは、明らかに戦後の農地解放によって没落していった実家を下敷きにしており、この設定のなかで太宰の天皇への意識が投げ込まれているのである。

実際『斜陽』には天皇の話題が現われている。展開の中盤で、結核を病んでいるかず子の母が新聞に掲載された昭和天皇の写真を眺め、「お老《ふ》けになつた」という感想をもらすかず子に対して、それは「写真がわるい」からだと反論し、「こなひだのお写真なんか、とてもお若くて、はしやいでいらしたわ。かへつてこんな時代を、お喜びになつていらつしやるんでせう」と語る。そしてその理由を問うかず子に母は「だつて、陛下もこんど解放されたんですもの」と言うのである。

天皇が「解放」されたのは、〈神〉として日本に君臨し、この国を率いていかねばならぬ責務からという意味であろうが、この作品で何らかの縛りから「解放」されたのは天皇だけではない。かず子自身もそうであり、彼女が慕う上原という妻子のある作家への接近は、母の死を契機として拍車がかけられるのである。

離婚経験のあるかず子は、母がある宮家への奉公を彼女に勧めたりすることもあって、上原との関係を深めることに積極的になれないでいたが、母が亡くなった直後の章は「戦闘、開始」という一行で始まり、上原に向かうかず子の姿勢が明確化されている。その点でかず子もやはり「解放」された人間であり、またそこから母が彼女を束縛する絶対性を帯びた存在であったことが分かるのである。

太宰のもっていた天皇への「愛」

かず子の母は、立ったまま用を足したりする奔放《ほんぽう》さの持ち主であり、かず子はそうした母の振る舞いに愛着を覚え、「ほんものの貴婦人の最後のひとり」であると思ったりする。こうした母に仮託された奔放な高貴さは、それが失われていくものであるとされていることと合わせて、彼女を神的な〈天皇〉の比喩として浮かび上がらせることになる。

この作品では、こうした規範にとらわれない奔放さに「不良」という形容が与えられ、母もその「不良」の範疇に置かれているが、否定的な人格のイメージが神的な高貴さに転換されるという図式は『サド侯爵夫人』と共通している。

けれども『斜陽』ではこの高貴な奔放さとしての「不良」のイメージを中心的に担っているのは上原の方で、かず子は母に上原のことを「札つきの不良」と呼び、また別の箇所では彼について「悪徳のひとのやうに世の中から評判されてゐる」とも語っている。

「悪徳のひとのやうに世の中から評判されてゐる」とは、そのままサド侯爵にもあてはまる表現だが、「不良」や「悪徳」といった、道徳的規範からの逸脱によって彼岸性を帯びた存在としてサドと上原は重ねられ、しかもその背後には、いずれも〈神〉としての天皇が揺曳《ようえい》しているのである。

『斜陽』においては「不良」であるのが上原一人であれば、天皇との重なりは生じにくいかもしれないが、サドと同じく「貴族」であるかず子の母のイメージと連携することで、この比喩性がもたらされている。さらにそれを強めているのが、終戦後の上原の姿との対比である。戦争を隔てて六年ぶりに会った上原は、かつての自信に満ちた「不良」とは打って変わった、みすぼらしい姿によってかず子の眼に捉えられる。

蓬髪は昔のままだけれども哀れに赤茶けて薄くなつてをり、顔は黄色くむくんで、眼のふちが赤くただれて、前歯が抜け落ち、絶えず口をもぐもぐさせて、一匹の老猿が背中を丸くして部屋の片隅に坐つてゐる感じであつた。

この上原の姿はまさに、「醜く肥えて」しまい、「目はおどおどして、顎を軽くおゆすぶりになり、何か不明瞭に物を仰言るお口もとには、黄ばんだ歯が幾本か残つてゐるばかり」と女中によって語られるサドの姿とうり二つの零落ぶりを示している。そこに込められた含意も同じであり、戦前・戦中の〈神〉としての光輝を失った戦後の天皇が、ともにみすぼらしい肉体のイメージによって表わされているのである。

しかし、こうした戦後日本の象徴として天皇に否定的な肉体イメージが与えられる共通性をもちながら、三島と太宰の間には重要な差違が見られる。すなわちルネが帰還したサドを拒み、修道院という彼岸に赴いてしまうのに対して、かず子はみすぼらしい上原を見限ることなく、彼の子供をはらみ、それを独りで育てていこうとするのであり、その点では三島よりも太宰の方が、神的な光輝を失った天皇に対して受容的なのである。

それは「これまでどんなに深く私は天皇を愛して来たかを知つた」（『苦悩の年鑑』）といった太宰自身の記述からもうかがわれるが、この対照性は〈戦後の天皇〉という存在に託された内実の違いによっている。三島のそれが、もっぱら経済成長に伴う物質的な拡張と裏腹に、精神的な自律性を失った自国の状況を象徴しているのに対して、太宰のそれはより直接的に、敗戦によって廃墟に帰した日本の状態と呼応し、再生と連続性を強く願わねばならない対象であった。

一九四六（昭和二十一）年の書簡に「天皇は倫理の儀表として之を支持せよ。恋ひしたふ対象なければ、倫理は宙に迷ふおそれあり」（傍点引用者、堤重久宛、一九四六・一・二五付）と記されているように、太宰にとって天皇は終戦後「恋ひしたふ対象」として浮かび上がってきているのであり、それがみすぼらしい上原に対するかず子の「恋ひしたふ」姿勢と呼応している。

そこからも上原が天皇の表象であることが分かるが、彼が〈芸術家〉に設定されているのは、天皇が日本文化の収斂地点として眺められているからであり、かず子はその上原の子をはらむことによって、日本の文化的な連続性をつなぎとめようとするのでもある。

〈何もしない〉天皇への批判

このように眺めると、天皇を日本の文化的な拠り所とする視点まで共通していながら、〈人間〉となった戦後の天皇に対する眼差しは、太宰よりも三島の方がはるかに厳しいことが分かる。

ある意味では、超越的な存在であった母から「解放」されたかず子自身が、戦後の天皇に比される人物であり、彼女が一人の〈人間〉として力強く生きていこうとする姿に、戦後という時代に対する積極的な姿勢が込められていた。それが『斜陽』をベストセラーとした要因であったことはいうまでもない。

三島においても、第二章で見た『潮騒』(一九五四)には、GHQの統治から独立した日本に対するそうした姿勢がうかがわれたが、その後の作品ではもっぱら真の〈独立〉を達成していないと見なされる自国への批判が優位を占め、戦後の天皇はその批判の対象として括り出されてくることになる。

それがもっとも明瞭な形で現われているのが、二・二六事件の青年将校たちや、太平洋戦争時の神風特攻隊の兵士たちの霊が霊媒師に憑依して、「などてすめろぎは人間《ひと》となりたまひし」という呪詛を響かせる『英霊の声』（一九六六）であったが、「人間《ひと》」となった天皇の姿を寓意的に映し出すもう一つの作品として挙げられるのが、戯曲の『朱雀《すざく》家の滅亡』（一九六七）である。

この作品では太平洋戦争の末期を舞台として、自分の息子を危険な戦地にあえて赴かせ、死なせることになった貴族の男を主人公とし、その無為を息子の本当の母である女中になじられる構図が展開の軸となっている。

「私はあの子の母親ですもの。あの子は死にたくなかつたんです。それをあなたは……」と主人公経隆《つねたか》を責め立てる女中のおれいに、経隆は息子の経広《つねひろ》の死が「すでに閉じられやうとしてゐる大きな金色の環に鋳込まれて、永遠に歴史の中を輝かしく廻転してゆくその環の一つの種子になること」であると語り、おれいはその修辞的な括りが「いつも見る。ただ御覧になる」という、経隆の傍観者的な眼差しの産物であると決めつける。

軍部に働きかければ回避することも可能であった息子の死を招き寄せた経隆の選択は、彼によれば天皇の無言の「みことのり」によるものであり、天皇の「何もするな。何もせずにおれ」という言い付けを、経隆はその眼差しに読み取ったのだった。その言葉を経隆は経広が出征する前の段階にも口にしており、「学友」であった天皇が、敗戦を迎えつつある日本に対して「何もするな。何もせずにおれ」という指示をその眼差しによって示しているように経隆は感じ取っていた。そしてその無言の指示を経隆は「それはつまり、「ただ滅びよ」と仰せられたのではないだらうか」と理解していた。

この戯曲でも、「学友」という親しさによって結ばれた戦時下の天皇と主人公の経隆は、〈神〉と〈人間〉の対比のなかに配されている。そして太平洋戦争末期から終戦時への時間的な展開のなかで、日本の敗戦という「滅び」が主題化されつつ、そこに執筆時の三島が感じ取っている戦後日本の精神的衰退という、もう一つの「滅び」が重ね合わされているのである。

したがって『サド侯爵夫人』と同様に『朱雀家の滅亡』においても、経隆は戦時下の天皇との対照性において、戦後の天皇の比喩として眺められる。その関係性はこの作品の創作ノート（新版全集所収）に、経隆について「むしろ天皇その人のアレゴリー」と明記されていることからもうかがわれる。

〈神〉としての天皇が、敗戦とともに「滅び」たのであれば、戦争を生き延びた経隆は、直接には現われない戦後の時間のなかで「滅び」ていく存在である。あるいはその「滅び」がすでに生起し、完了しているのであれば、彼は「滅び」をはらみつつ、その生を長らえていくことにもなる。

「どうして私が滅びることができる。夙《と》うのむかしに滅んでゐる私が」という幕切れの科白が、彼の自覚とともに、三島が生きている六〇年代後半の日本の宿命を物語っていることは明らかだろう。その時、天皇の眼が語っていたという「何もするな。何もせずにおれ」という言い付けは、「象徴」として国を率いる主体的な行為を「何もせず」に、戦後の時間を過ごしつづけた戦後の天皇への批判としての響きを帯びることにもなるのである。

第六章　「みやび」としてのテロリズム

――二・二六事件と『春の雪』

天皇への呪詛

これまで眺めてきたように、三島由紀夫の天皇像は否定される「ザイン」(現実存在)と尊重される「ゾルレン」(理念、理想)の、両極的な二面性によって特徴づけられる。そして前者が戦後社会を象徴する〈人間〉となった戦後の天皇に当たるのに対して、後者は形の上では戦前、戦中の天皇に相当しながら、究極的にはそこに至る系譜の起点をなす天照大神《アマテラスオオミカミ》という起源的な存在へと帰着するものであった。

『サド侯爵夫人』(一九六五)では、この天皇の二面性に対する否定と肯定の両極が、比喩的な形で主題化されていたが、それをより直接的な問題性として打ち出しているのが、その翌年に書かれた『英霊の声』(一九六六)である。

この作品で盲目の霊媒者に依《よ》り憑《つ》く形で、二・二六事件の決起者と戦争末期の特攻隊員が繰り返す「などてすめろぎは人間《ひと》となりたまひし」という恨みを含んだ問いかけに込められるものは、これまで扱った作品群における同様に、戦後社会の象徴としての「人間天皇」への否定であった。けれどもそこにテロの決起者と戦死者への鎮魂という主題が折り重ねられているために、全体としては込み入った様相が呈されている。

内容の展開を追っていけば、「神霊」を依り憑かせる霊媒者である「川崎君」がまず歌うように語るのは、主体の明確ではない霊の言葉であり、そこでは「車は繁殖し、愚かしき速度は魂を寸断し、／大ビルは建てども大義は崩壊し／その窓々は欲求不満の蛍光灯に輝き渡り、／朝な朝な昇る日はスモッグに曇り／感情は鈍磨し、鋭角は摩滅し、／烈しきもの、雄々しき魂は地を払ふ」（／は行換え）といった、物質的な欲求の実現にのみ人びとが焦慮する現代の状況が描かれた後で、「かかる日に、／などてすめろぎは人間《ひと》となりたまひし」という呪詛的な問いかけが発せられる。

それ以降、作中で繰り返されていくこの問いかけにおける、「かかる日」は明らかに一九六〇年代の〈現代〉を指しており、これまで見てきたように、「人間《ひと》」とは戦後日本の象徴としての「人間天皇」を指している。けれども「かかる日」の意味するものは一義的ではなく、次に川崎君に降り立つ、二・二六事件の決起者の霊は同じ文句を繰り返しながら、そこには別個の意味合いが込められている。

『英霊の声』に描かれる二・二六事件は、天皇を取り囲む「奸臣佞臣《かんしんねいしん》」たちを取り除き、民衆のために天皇が親政に立ち上がることを求めて青年将校たちが決起したにもかかわらず、天皇がその思いに応えることなく、将校たちは「叛逆の徒」として捕らえられ、処刑されるに至った出来事である。

青年将校たちにとっては、天皇が〈神〉であれば、自分たちの決起の心情を理解し、それを受け容れて「親政によつて民草を安からしめ」る行動に赴くはずであったが、現実に天皇が取った行動はそれに逆行する〈人間〉としてのものであった。

作中の記述では、決起の翌日に当たる二月二十七日に天皇は「朕が股肱《ここう》〔＝もっとも頼りとする、引用者注〕の臣を殺した青年将校を許せといふのか。戒厳司令官を呼んで、わが命を伝へよ。速やかに事態を収拾せよ、と。もしこれ以上ためらへば、朕みずから近衛師団をひきゐて鎮圧に当るであらう」と、厳しい言葉で決起した将校たちの討伐を命じた。霊が恨むのは、この天皇の判断が「人として暴を恨み」、また自分たちを「人として、見捨てた」結果だったからであり、そこから彼らの「などてすめろぎは人間《ひと》となりたまひし」という呪詛が発せられているのである。

二・二六事件における天皇の〈人間的〉判断

逆にいえば、天皇が〈神〉であれば、自分たちの至誠が受け容れられたであろうということになるが、それこそが三島が二・二六事件について描いた幻像であった。

「二・二六事件と私」（一九六六）では、三島はこの事件を「二・二六事件将校にとつて、統帥大権の問題は、軍人精神をとほしてみた国体の核心であり、それを干犯《かんぱん》する（と考へられた）者を討つことこそ、大御心《おおみこころ》に叶ふ所以《ゆえん》だと信じてゐた。しかもそれは、大御心に叶はなかつたのみならず、干犯者に恰好な口実を与へ、身自ら「叛軍」の汚名を蒙《こうむ》らねばならなかつた」と概括し、この際の昭和天皇の判断を考えていくことで「人間宣言」への疑問に突き当たることになったと述べている。

ここに引用された『木戸幸一日記』（東京大学出版会、一九六六）の終戦時の項には、天皇がファシズムの勢力に対して「余りに立憲的に処置し」てきたと語ったことが記されているが、その発言に対して三島は「日本にとつて近代的立憲君主制は真に可能であつたか」という疑問を覚えている。

いいかえれば三島は、天皇が「立憲君主」の枠を逸脱して振る舞いうるところに、日本の〈神〉としての所以を認めているのであり、『文化防衛論』（一九六八）では、「文化概念としての天皇は、国家権力と秩序の側にだけあるのではなく、無秩序の側へも手をさしのべてゐたのである」と述べている。この評論では、テロリズムを「みやび」の一形態として捉える独特の視点が打ち出されているが、三島は「西欧の立憲君主政体に固執した昭和の天皇制は、二・二六事件の「みやび」を理解する力を喪つてゐた」と断じている。

テロと「みやび」の関係性についてはこの章の後半であらためて言及することになるが、それ以前にまず二・二六事件は、ザインとゾルレンの二極性によって捉えられる三島的な天皇像を集約的な形で見えさせる場であった。つまりそこでの天皇の振る舞いは、三島の意識においては「人間《ひと》」としてのものでしかない点でザインの地平に置かれ、同時にそれが、現実にはありえなかったゾルレンとしての天皇の姿を描かせているのである。

実際の二・二六事件は、過激な国家社会主義の思想家北一輝《きたいつき》の『国家改造法案大綱』（一九二三）の影響を受け、私欲を貪《むさぼ》っている特権階級と見なされる大臣たちを排し、天皇の親政を軸とする政体の実現を目指す皇道派と、統制経済による強固な国防国家の建設を目指す統制派の葛藤を背景として、前者の青年将校たちが多く属する第一師団の満州への派遣の通達がきっかけとなって勃発した事件であった。

昭和天皇がこの際の青年将校たちの決起を良しとしなかったばかりか、それを自身の統帥権への侵犯と受け取って激怒したことはよく知られている。

『英霊の声』で霊が語る、天皇が自分たちに向けた「おん憎しみ」はほぼ事実のとおりであり、侍従武官長であった本庄繁《ほんじようしげる》による日記（『本庄日記』原書房、一九六七）には「朕ガ股《こ》肱《こう》ノ老臣ヲ殺戮ス、此ノ如キ凶暴ノ将校等、其精神ニ於テモ何ノ恕《じょ》スベキモノアリヤ」という天皇の怒りの言葉が書き留められている。

見方によっては、この天皇の怒りは軍を、ひいては国を統帥する〈神〉の逆鱗《げきりん》に触れたことに発しているともいえる。実際、青年将校たちの行為は「大権の私議」として批判されたのであり、侵犯を受けることであらためて天皇の神性が発露された場面としても受け取られる。けれども三島にとって、この際の天皇の判断は、むしろ過度に〈人間的〉に映るのであり、決起者たちの至誠を「みやび」として受け容れることが、〈神〉としてふさわしい振る舞いとして想定されている。

その背後にあるものは、天皇の理念的な形を神話的な古代に求めようとする三島の傾向である。『日本文学小史』（一九六九〜七〇）では、兄宮を残酷に殺害した『古事記』の倭建命《ヤマトタケルノミコト》が、「神的天皇であり、純粋天皇」であったとされ、一方、その残虐におののいた父の景行《けいこう》天皇は「人間天皇であり、統治的天皇であった」とされる。

もちろん三島は、昭和天皇自身に倭建命的な振る舞いを期待していたわけではないが、少なくともそこに込められているとされる「詩」、すなわち「みやび」を理解すべきであったと考えているのである。

そしてその理解を欠いていたことで天皇は「人間《ひと》」となり、終戦後の「人間宣言」との連続性がもたらされてくる。後者を非難する者として現われるのが、二・二六事件の決起者につづいて川崎君に降り立つ、戦争末期の特攻隊員の霊である。彼らも出撃の際の様相を語った後に、天皇が「人間宣言」をおこなったことを難じ、「兄神」と称される決起者たちとともに、「などてすめろぎは人間《ひと》となりたまひし」の呪詛を唱和する。

特攻隊員が天皇が「人間《ひと》」となったことを非難するのは、二・二六事件の決起者の恨みとは別個の意味をもっている。いうまでもなく特攻隊員は天皇の「人間宣言」を知らないからであり、にもかかわらず決起者と同じ呪詛を唱えるのは、彼らが霊として彼岸で〈生き〉つづけ、終戦以降の日本の展開を見届けていたということを物語っている。それによって二・二六事件——終戦——現代という三つの時間が一体化され、それを束ねるものとして天皇の神性の喪失という問題性が浮上してくるのである。

〈生き〉つづける霊魂

その問題性は多くの三島の作品で追求されているが、『英霊の声』において重要なのは、今見たように、死者の霊が冥界で〈生き〉つづけ、現世のその後の展開を見守りつづけているという着想である。この霊魂観の背後には、平田篤胤や折口信夫らの神道系の言説の影響が想定される。

たとえば篤胤の『霊《たま》の真柱《みはしら》』では、人間の霊魂が「夜見国《よみのくに》」に行くという考えを否定し、「神魂《たま》はもと、産霊神《むすびの》の賜《たまわ》りたまへるなれば、その元因《もとのいわれ》をもて云ふときは、天に帰《ゆ》くべき理《ことわり》なればなり」としている。つまり霊魂は死後「天」に昇って行き、そこから現世を眺め下ろしているのであり、別の箇所では古代から人間は「死ぬれば其魂は骸《むくろ》を離れつつも、其上に鎮《とど》まり坐《お》る」ものであるとされる。

一方、折口信夫の言説における「まれびと」は、他界から人間世界を訪れる神であり、その神を饗応するところに「まつり」が成り立つとされる。

折口の思考においては「神」と「たま」すなわち霊魂は、『霊魂の話』（一九二九）に「或時はたまとして扱はれ、或時は神として扱はれて居る」といった記述が見られるように、ほとんど同一視されている。神が「まれ」に人間のもとを訪れるということは、それ以外の時間は他界にとどまっているということであり、同様に霊魂も他界に常住していて、折にふれて人間のなかに入り込むのである。

『霊魂の話』には「他界から来るたまをうける」あるいは「容れ物があつて、たまがよつて来る。さうして、人が出来、神が出来る」といった表現が見られるが、『英霊の声』では

「神主」と記される霊媒者という「容れ物」に死者の「たま」が依り憑くのだった。

見逃せないのは、こうした「容れ物」としての身体に霊魂が入り込むという考え方が、同時期に書き継がれた四部作の『豊饒の海』で展開される、輪廻転生の構想に入り込んでいることである。

次章で詳しく見るように、ある人間が別の人間に「転生」することは、三島的な着想のなかでは、人間のなかにあった霊魂が死を契機としてその身体を抜け出し、別の人間に入り込む移動としても捉えられる。一見、仏教思想を基底として構築されているようにも見えるこの四部作は、実は今眺めたような霊魂をめぐる神道系の思想に支えられている面が強いのである。

「人間《ひと》」となった天皇への呪詛をうたい上げた霊たちが去っていくと、「神主」の川崎君はそのままみまかってしまう。そして死んだ川崎君の顔が「何者かのあいまいな顔に変容してゐる」のに居合わせた人びとは驚かされるが、これまでも繰り返し指摘されているように、この「何者かのあいまいな顔」が〈神〉の位置を降り、「象徴」という「あいまい」な存在となった戦後の天皇を意味していることは明らかだろう。

折口信夫の言説にならうように、ここでも死者たちの霊は同時に「神」として表現されているが、霊が去った「神主」の身体は、同時に〈神〉を脱落させた〈人間〉の身体でもある。戦後の「人間天皇」を示唆するこの存在が「死」を迎えていることは、『朱雀家の滅亡』(一九六七)の「滅び」と呼応する形で、三島自身の〈戦後〉への呪詛を映し出している。

愛する者を前にしての割腹

『英霊の声』と比べると、同じ二・二六事件を素材としながら、その五年前に発表された『憂国』(一九六一)には、戦後の天皇への糾弾は姿を見せていない。

『憂国』に時期的に接する主要作品としては『鏡子の家』(一九五九)があるが、第四章で見たようにこの作品の眼目は、一九五〇年代の日本の現実を描きつつ、そこで〈彼岸〉へと追いやられた、神性を帯びた天皇を召喚する眼差しを織り込むことにあった。

三島のなかでは次第に戦後の現実と新憲法下の「人間天皇」との照応が明確になっていくが、『鏡子の家』においては、戦後の現実は積極的な描出の対象となっており、それに応じて「人間天皇」への批判的な表象も表立っては盛り込まれていない。

それは『憂国』においても同様であり、ここでは二・二六事件の決起に誘われなかったために、軍の仲間を討伐する立場に立つことになった主人公の軍人武山《たけやま》が、それを肯《がえ》んじえないで、割腹による自決を遂げる行為が焦点として描かれている。そしてそれと拮抗するように、武山が自身に死を与える前に、妻の麗子《れいこ》と交わす烈しい性の営みが濃密に描出されている。

この作品で重んじられているものは、「俺は部下を指揮して奴らを討たねばならん。……俺にはできん。そんなことはできん」と語られるような、同輩への信義ないし友情と、夫婦間の愛情という、むしろ地上的な絆による感情である。それは作品の前提と連なっており、武山が決起に誘われなかったのは、彼が「新婚の身」だったのを慮《おもんぱか》ってのことであったと推察されている。

その意味では『憂国』はむしろ現世的な価値を重視するところに成立しているともいえる。けれどもそこには同時に、『鏡子の家』と同じく彼岸への眼差しが織り交ぜられており、現実的な世界が彼岸性をはらんだ仮構的な世界へと反転していくところに、この作品の特質が見出される。

それを現出させているのが、後半に長々と描出される、武山の割腹の場面である。武山は麗子と最後の性交を終えた後、麗子を前にして腹を切る。その時麗子はもっぱら武山の死に至る苦闘を見届ける者として、この場にいつづけるのである。

とにかく見なければならぬ。見届けねばならぬ。それが良人の麗子に与へた職務である。畳一枚の距離の向うに、下唇を嚙みしめて苦痛をこらへてゐる良人の顔は、鮮明に見えてゐる。その苦痛は一分の隙もない正確さで眼前してゐる。麗子にはそれを救ふ術《すべ》がないのである。

この、愛する者に見守られつつ、割腹を遂げる男の構図が、『英霊の声』にも現われていることは見逃せない。二・二六事件の決起者の霊が描く、実現されなかった決起の理想的な図は、天皇が決起者たちの至誠を受け止め、「今日よりは朕の親政によつて民草を安からしめ、必ずその方たちの赤心《せきしん》を生かすであらう。／心やすく死ね。その方たちはただちに死なねばならぬ」と告げ、それに従って決起者たちが「躊躇なく軍服の腹をくつろげ、口々に雪空も裂けよとばかり、『天皇陛下万歳！』を叫びつつ、手にした血刀をおのれの腹深く突き立てる」というものであった。

そして彼らにとって天皇とは、「恋して、恋して、恋狂ひに恋し奉《たてまつ》」る、エロス的な情念の対象でもあった。それが三島が二・二六事件について描いた理想形としての幻像であったとしたら、愛する者の前で心おきなく腹を切る『憂国』の武山は、実現されなかった決起者たちの思いを代行しているともいえるのである。

〈天皇〉を犯す主人公

それはいいかえれば、腹を切る武山に決起者の霊魂が憑依しているということでもある。ちなみに現実の二・二六事件においては、「叛乱軍」と位置づけられた決起者たちを討伐することになった陸軍当局の側に、それを肯んじずに割腹自決した者は存在しない。もっとも松本清張《まつもとせいちょう》の『二・二六事件』（第三巻、文藝春秋、一九八六）によれば、決起者のなかに自分の恩師がいるために拳銃自殺した岡沢謙吉《おかざわけんきち》という軍曹がおり、三島がその情報を知っていて、作中人物の造形に盛り込んだ可能性はないとはいえない。

この事例に見られるように、本来同じ軍に属する仲間を討伐したくないという武山的な心情は当局の側にもあり、武山が割腹した翌日にあたる二月二十九日朝にはついに叛乱軍への攻撃開始となったものの、実際の砲撃はなされなかった。また隊への復帰を促す「兵に告ぐ」という呼びかけがなされ、上官の懸命の説得もあったために、叛乱軍からは次々と帰順者が出た。

赤坂の山王《さんのう》ホテルに立て籠もった安藤輝三《あんどうてるぞう》大尉が率いる隊のみ抗戦の姿勢を貫いたが、結局同日午後には下士官と兵は隊へ戻り、将校たちは陸相官邸の第二応接室に収容された。その際、拳銃で自決したのは野中四郎《のなかしろう》大尉のみで、それ以外の将校たちは逮捕され、裁判にかけられることになった。なお安藤大尉は収容の前に自殺を図ったものの、失敗に終わり、七月に他の決起者とともに処刑されている。

こうした現実に生起した経緯を踏まえれば、二月二十八日に設定されている武山の決断は過剰反応であったともいえ、少なくとも腹を切らねばならぬ必然性はなかった。けれどもその過剰さによって、武山の行為は単に同輩への信義、友情の表現にとどまらないものを示唆することになる。つまりそこに込められている烈しさは、決起者たちのそれへと連なっていくのであり、彼ら自身の思いが武山に降り立ち、自分たちのすべき行為を彼に〈代行〉させている構図が浮かび上がってくるのである。

『金閣寺』（一九五六）を論じた第三章でも見たように、三島の世界には主人公に他者の精神、霊魂が憑依し、主人公を何らかの行動に駆り立てる場合が少なくない。この側面はこの章で眺めた、三島が重視する霊魂の持続性と運動性を考慮することで一層明らかになるだろう。

折口信夫が「体に、這入つたり出たりするものがたまだつた」(『霊魂の話』)と述べるように、霊魂が他界にとどまるとともに、折にふれて別の人間の身体に入り込むものであるとすれば、叶えられなかった決起者の思いが、霊魂として武山に「這入」り、彼に同輩として以上の振る舞いを取らせることはありうるからである。

そしてその時、腹を切る武山の姿を見届ける麗子は、当然決起者の至誠を受け止めるべき〈天皇〉に相当する存在であることになる。その場合、麗子が〈女〉であることは何ら問題とならない。三島の思考においては、ゾルレンとしての天皇は天照大神《アマテラスオオミカミ》という〈女神〉へと収斂されるからであり、むしろ〈武山―決起者〉の割腹を見届けるのが麗子であることによって、三島的天皇の姿がそこに喚起されるのだといえるだろう。

それとともに見逃せないのは、後半部分で麗子が〈天皇〉の寓意であることが示されることによって、やはり遡及的な形で、前半部分の彼女と武山の交わりに、アイロニカルな意味合いが与えられることである。

つまり麗子と武山が交わるのは、「夫婦相和シ」という教育勅語の言葉と重なる形で、旧憲法下の理念とも合致する和合の場面であったはずだが、それが同時に〈天皇を犯す〉場面でもあったことが見えてくるからである。そこには、それ以降の作品で次第に顕著になってくる、天皇への尊崇と侵犯のアンビヴァレンス（両価性）が集約的に現われている。

『春の雪』における憑依的な変身

こうした天皇へのアンビヴァレンスがより明瞭な形で描き込まれているのが、『英霊の声』と同時期に書かれた『春の雪』（一九六五〜六七）である。主人公がそれぞれ二〇歳で死に、次の巻の主人公に転生していくという着想の下に構築された『豊饒の海』四部作の第一巻をなすこの作品は、本書で取り上げてきた三島の世界を特徴づける要素をすべて備えているといってもよく、三島の文学と行動を理解する上で重要な意味をもっている。

大正初年代の貴族社会を舞台として、主人公松枝《まつがえ》清顕の死と恋人綾倉《あやくら》聡子の出家に終わる悲恋物語として展開するその内容は、第三章で言及したように、聡子に対して冷ややかな距離を取りつづけた清顕に、突然恋の情念が降り立ったかのような変容が起こり、それ以降彼は聡子との情事にのめり込んでいく。

そのきっかけとなるのは、清顕の煮え切らない態度に背を向けるように、聡子が皇族との婚約に踏み切り、それに対する天皇の勅許が降りたことである。それによって聡子との関係を深めることは不可能となるが、逆にその不可能な状況に駆り立てられるようにして、清顕は自身の内にある、彼女への強い情念を自覚することになる。

……高い喇叭《らつぱ》の響きのやうなものが、清顕の心に湧きのぼつた。

『僕は聡子に恋してゐる』

いかなる見地からしても寸分も疑はしいところのないこんな感情を、彼が持つたのは生れてはじめてだつた。

『優雅といふものは禁を犯すものだ、それも至高の禁を』と彼は考へた。この観念がはじめて彼に、久しい間堰《せ》き止められてゐた真の肉感を教へた。（中略）

『今こそ僕は聡子に恋してゐる』

この感情の正しさを証明するには、ただそれが絶対不可能なものになつたといふだけで十分だつた。

（二十五）

そしてこのくだりの締め括りとして、第三章でも引用したように「清顕の頰は燃え、目は輝いてゐた。彼は新たな人間になつた。何はともあれ、彼は十九歳だつた」という叙述が置かれている。この恋の情念の憑依による〈変身〉を、この章での議論に照らせば、清顕の身体に烈しい恋愛者の霊魂が入り込んだのだといいかえることができるだろう。

優雅の力関係

その霊魂の〈出所〉について考える前に、作中の展開における清顕の変容の所以を位置づける必要がある。その事情と清顕に降り立った霊魂の在り処は、密接に関係しているからである。

「二十五」章で清顕が突然聡子への情念を自覚するのは、三島的な霊魂の憑依を典型的な形で示しているだけでなく、それまでの展開から合理的に導き出されている。

彼が前半部分で聡子に冷淡な姿勢を取りつづけるのは、結局彼女と生を共にすることが重荷に感じられたからにほかならない。清顕は、薩摩《さつま》の武家の出身で新興の貴族である父の松枝侯爵が、自分の家に欠けている「雅《みや》びにあこがれ、せめて次代に、大貴族らしい優雅を与へよう」という心づもりによって、聡子の家である堂上《どうじょう》華族の綾倉家に預けられ、聡子とともに幼少期を送っている。聡子は清顕の二歳年上であり、貴族としてのたしなみを幼時から身につけている点で清顕の優位に立ち、しかもその優位性をしばしば露《あら》わにするような言動を取っている。

たとえば聡子は冒頭に近い箇所で「私がもし急にゐなくなつてしまつたとしたら、清様、どうなさる？」という謎めいた問いを清顕に投げかけ、それを訝《いぶか》しんだ清顕が「ゐなくなるつて、どうして？」と訊き返すと、聡子は「申上げられないわ、そのわけは」と、曖昧な答えを与えるばかりで、清顕を「ひどく不機嫌」にしてしまう。その前の場面では、滝口で水の流れを割っている物を名指すことに皆が躊躇している際に、聡子は「黒い犬ぢやございません？　頭が下に垂れて」と「実に率直に言ひ切」り、その果断さに接することで清顕は「自負を傷つけられ」るのである。

この場面につづく叙述で、聡子の「率直」さが「手ごたへのある優雅を示し」ており、それが「新鮮で生きた優雅であるだけに、清顕は自分の躊躇を恥じ、聡子の教育的な力を怖れた」と述べられているように、清顕は聡子が公家貴族の家に生まれたというだけでなく、そこに連綿と受け継がれ、堆積していった「優雅」が彼女のなかに現在の生を支える形で息づいていることを感じている。そしてそれは清顕が、自分に十分備わっていないものとして意識せざるをえない価値なのである。

もともと清顕が幼少期を綾倉家で過ごすことになった理由が、自家では身につかないと思われた優雅ないしみやびを吸収するためであったが、この価値の位階においては清顕は決して聡子の上に立つことができない。

清顕はそのことを強く自覚しており、それが彼に聡子への接近をためらわせている。聡子からの誘いで雪の日に馬車に同乗し、そこで最初の接吻を交わした後に受け取った手紙を読んでも、清顕は聡子に備わっている真の優雅を感じ取る。一方、彼が自覚するものは自身の「未熟な優雅」であり、「聡子の優雅の持つみだらなほどの自由が嫉《ねた》ましく、それに引け目を感じてもゐた」とはっきり記されているのである。

こうした関係のまま聡子と結婚し、貴族社会に組み込まれることになれば、清顕は永続的に聡子の配下に置かれることになりかねない。それを「倨傲《きよごう》」と表現される彼の傲慢さが許容しえなかったのである。

したがって、清顕の態度の曖昧さもあって聡子が皇族と婚約し、それに対する勅許が下されたのは、ある意味では彼が秘かに望んでいたものでもあった。つまりそれによって清顕は聡子を妻とすることが不可能になると同時に、結婚によって彼女との永続的な共生に入らなくてもよくなったのである。

その時、聡子は清顕にとって純粋な肉体的欲望の対象としてあらためて浮かび上がってくるのであり、それ以降、清顕は勅許後に聡子が自分のもとに送っていた手紙を楯に取って、下女の蓼科《たてしな》を介して、彼女と肉体関係をもつことに成功する。密会の場にやって来た聡子について記される、「年上らしい訓戒めいた言葉を洩らすゆとりもなく、ただ無言で泣いてゐるほかない今の聡子ほど、彼にとつて望ましい姿の聡子はなかつた」という一文は、清顕が聡子に求めたものが何であったかを明らかにしているだろう。

「情けない時代」の主人公

清顕に降り立った情念には、明らかに聡子に優雅の矛《ほこ》先を向けられることなく、その肉体を享受することができるという予感が付随している。その点で清顕はエゴイスティックな人間だが、それが純粋な恋愛の情念の主体と背中合わせで立ち現われるところに、この作品における主人公の造形の眼目がある。

両者が必ずしも矛盾しないのは、本来恋愛が異性の肉体を排他的に所有しようとする衝動に支えられた行動だからである。そのせめぎ合いを主題とする三角関係の構図が、古来小説や戯曲で繰り返し描かれてきたのはそのためであった。とくに清顕は作品の冒頭から「倨傲」の持ち主として語られているだけに、聡子への情念がエゴイスティックな形で発露されるのは自然な流れでもあった。

　それは裏返せば、聡子が内在させた優雅の価値を、清顕がそれだけ重んじているということでもある。彼の冷ややかな「倨傲」自体がその産物でもあった。それはつづく『奔馬』の主人公勲の父となる飯沼の眼には明らかで、清顕の「その美貌、その性格の優柔不断、その素朴さの欠如、その努力の放棄、その夢みがちな心性」などが、国士的な彼の心情に露骨に逆行するものとして受け取られている。

　清顕の家である松枝家のモデルとして想定されるのは薩摩の西郷家であり、一方、聡子の家である綾倉家に重ねられる公家貴族は岩倉家である。『豊饒の海』の創作ノート（新版全集所収）には、この二つの家の人びとの名前が列挙されており、三島がこの明治における代表的な新興貴族と公家貴族を念頭に置いて、主要人物のイメージを構想したことがうかがわれる。

　そのなかで「人を斬り、人に斬りかけられ、あらゆる危険を乗りこえて、新しい日本を創り上げ」た人物として語られる、清顕の祖父に相当するのは、西郷隆盛の実弟で明治政府の要職を歴任した西郷従道《じゅうどう》である。飯沼が復活を夢見ているのは、こうした国家のために命を投げ出すことを厭《いと》わない人びとが生きた「清らかな偉大な英雄と神の時代」であり、それが今では「金銭と女のこと」しか考えない、「軟弱な、情けない時代」になり果ててしまったと感じられている。

飯沼の描く大正初年代の時代像に、執筆時の時代の色合いが投げ込まれていることはいうまでもないが、『春の雪』のアイロニーの眼目は、清顕が幼少期に受けた優雅の薫陶《くんとう》もあって、飯沼が待望するのとは対極的な青年になっていながら、むしろそれを前提として、最後には色恋という場で烈しい行動者へと変貌するところにある。そこに三島が、優雅ないしみやびという価値に見出す独特の意味合いが見出されるのである。

「みやび」の底流にひそむ烈しさ

もともと王朝貴族の基本的な美意識である優雅、みやびは決して女性的な柔弱さだけによっては特徴づけられない面をもち、三島はそれを強く意識していた。

みやびは『伊勢物語』や『源氏物語』の中心的な価値として見なされるが、とくに前者では冒頭の、奈良春日《ならかすが》の里に住む美しい姉妹を見初めた「昔男《むかしおとこ》」が、自分の着ていた狩衣《かりぎぬ》の裾を切ってそれに歌を書き付けて送ったという話が語られた段が、「昔人は、かくいちはやきみやびをなむしける」という一文で締め括られており、物語の基調がそこに示されている。

この「みやび」に付された「いちはやき」という形容句は、現代語の「早熟な」という意味を想起させながら、古語としては「はげしい」「熱烈な」という意味で用いられている。専門家の論考を見ると、秋山虔《あきやまけん》はこの一文には「藤原専権の体制が強化され固化していく時勢のなかに醸成される心情的反乱」がこめられており、「昔男」が貴種の人物であり、また歌の名手であることが、彼をそうした「心情的反乱」の主体とする条件となっていると述べている（「「みやび」の構造」講座日本思想第5巻『美』東京大学出版会、一九八四、所収）。

また三島の学習院での恩師であった清水文雄《しみずふみお》は、「昔男」の「みやび」の根底にある「すき心」が「わが身はおろか、世界をも破滅に至らしめるかもしれないヴァイタリティーを包蔵する」という見解を示している（「いちはやきみやび」『源氏物語　その文芸的形成』広島中古文学研究会、一九七八、所収）。清水の把握は『春の雪』の清顕を動かした宿命に該当するともいえ、あるいは三島は学習院で清水のこうした「みやび」の解釈を耳にしていたのかもしれない。

もっとも『伊勢物語』一段に描かれる「昔男」の行動自体は、自身の狩衣を切り裂くという〈烈しさ〉が含まれているにしても、相手に対しては歌の贈答という規範的な次元にとどまっている。行為としての「いちはやきみやび」の表出が見られるのは、たとえば手に入れ難い高貴な女を盗み出し、自分に同行させるものの、結局その兄に取り戻されたという、よく知られた六段の話であろう。

ここでは「昔男」が盗み出した女は、後に二条の后《きさき》となる女性とされているが、高貴な血筋の女性を盗み出す、あるいは犯すという話は、いうまでもなく『源氏物語』にたびたび姿を現わしている。主人公の光源氏《ひかるげんじ》は一八歳の時、父桐壺《きりつぼ》帝の後妻である藤壺《ふじつぼ》が里に下がっている折に彼女と密通してしまい、正妻格の女性となる紫《むらさき》の上《うえ》にしても、『伊勢物語』六段と同様に、北山から拉致するように自分のもとに引き取っている。また彼女との最初の契《ちぎ》りも、かなり強引な形で交わされている。

こうした烈しさや荒々しさが、王朝貴族の「みやび」に底流しており、皇族との婚約の決まった女性を強引に〈盗み出し〉てしまう『春の雪』の清顕の行動を造形する三島の内にも、こうした系譜への意識が働いていたと考えられる。

『文化防衛論』（一九六八）において、三島は「文化概念としての天皇」のあり方を論じつつ、「「みやび」は宮廷の文化的精華であり、それへのあこがれであつたが、非常の時には、「みやび」はテロリズムの形態をさへとつた」と述べている。

その原初的な形として想定されるものが、『古事記』における、父景行天皇の命になかなか従わない兄を残虐に殺してしまう倭建命《ヤマトタケルノミコト》の行為のはらむ「詩」であっただろうが、それは「昔男」や光源氏の示す烈しさを遡行させていった地点に見出されるものであったかもしれない。

五月十五日と二月二十六日の意味

見逃せないのは、『春の雪』の後半部分における清顕の聡子への行為が、単にこうした系譜とつながる烈しさを帯びているだけでなく、作者が「みやび」の延長線上に想定している「テロリズム」と明確に結びつくことだ。

実際、皇族の妻となる女性を犯す清顕の行為は、それ自体がテロリズム的であり、状況が押し詰まって聡子と会えなくなった段階では、清顕は「大地震が起ればいいのだ。さうすれば僕はあの人を助けにゆくだらう。大戦争が起ればいいのだ。さうすれば、……さうだ、それよりも、国の大本《おおもと》がゆらぐやうな出来事が起ればいいのだ」と友人の本多《ほんだ》に語っている。

ここで清顕が待望する「国の大本がゆらぐやうな出来事」は、国家の体制を震撼させる破壊的な事件、すなわち大規模なテロリズムを容易に想起させる。そして自身はそれとして意識せずとも、テロリズム的な性格を帯びることになる清顕の聡子への侵犯行為は、まさに〈テロ〉の枠組みのなかに周到に位置づけられているのである。

それを物語っているのが、清顕の情念的行動の起点と終点に施された時間的設定である。『サド侯爵夫人』（一九六五）でも見られたように、三島は作中の年や日時の設定にメッセージを込めることが少なくないが、『春の雪』でもそれが見られる。

聡子と洞院宮治典王《とういんのみやはるのりおう》の婚約が調った通達が宮内大臣から下されるのは、「大正二年五月十五日」であり、清顕の子を身ごもった聡子が、大阪で堕胎手術を受けた後に入った奈良の月《げっ》修寺《しゅうじ》を、清顕が最後に訪れるのは翌年二月の「二十六日」である。

この二つの日付の間に、清顕の聡子への接近と侵犯の行為がおこなわれているといえるが、〈五月十五日〉と〈二月二十六日〉という日付が意味するものは明らかだろう。勅許を聞いた清顕の劇的な変容に隠れるように記された前者は、一九三二（昭和七）年五月十五日に起きた、海軍青年将校の率いたクーデター事件である五・一五事件を示唆し、後者はいうまでもなくここで眺めてきた二・二六事件を喚起している。

とくに二月二十六日の日付は、清顕が聡子との対面を願って繰り返し月修寺を訪れるのが二月であることが示された数ページ後に、「二十六日の朝になつた」という一文が記されているためか、これまでほとんど注意を払われていないが、執筆時の三島の関心と直結する意味をもっている。「二月」と「二十六日」を離して記すのは、そのメッセージ性を露わにしないための配慮であろうが、二・二六事件との連携性は、それが「雪」と結びつけられていることからもうかがわれる。

病身を押して月修寺を訪れるものの、聡子との面会を断られつづけた清顕にとって二月二十六日は最後の訪問となる。「さうして、寝苦しい夜をすごして、二十六日の朝になつた」という一文で「五十二」章が閉じられた後、「五十三」章は次のような叙述で始まっている。

　この日、大和平野は、黄ばんだ芒野《すすきの》に風花《かざはな》が舞つてゐた。春の雪といふにはあまりに淡くて、羽虫が飛ぶやうな降りざまであつたが、空が曇つてゐるあひだは空の色に紛れ、かすかに弱日《よろび》が射すと、却《かえ》つてそれがちらつく粉雪であることがわかつた。寒気は、まともに雪の降る日よりもはるかに厳しかつた。（五十三）

作品の表題ともなっている「春の雪」は、天皇の墓所に降る雪を歌った伊東静雄《いとうしずお》の同名の

雪に覆われた二・二六事件当日の東京　（提供　朝日新聞社）

詩と響き合いつつ、それ自体が死や滅びのイメージをはらんでいる。それと同時にこの「雪」の召喚するものは、二・二六事件の当日に降りしきっていた「雪」であろう。この日の雪は写真のように「羽虫が飛ぶやうな」ほのかなものではなく、東京一帯を白く染める積もり方を示していたが、いずれにしても一九二四（大正三）年の奈良にいる清顕を、一九三六（昭和十一）年のテロ事件に結びつける媒介を「雪」が果たしていることは否定しえない。

「みやび」の天皇と「優雅」の聡子

そして、この日時の設定と「雪」という媒介項の連携によって際立たせられる、清顕の聡子に対する行為のテロリズム性が、彼女の存在に新たな側面をもたらしている。すなわち清顕の侵犯を受ける聡子は、『憂国』の麗子と同じく〈天皇〉の比喩としての姿を現わすことになるからだ。

もちろん二・二六事件の決起者たちがテロの標的としたのは、天皇を取り巻く「奸臣佞臣」たちであり、天皇が標的とされたわけではない。けれども『英霊の声』で眺めたように、三島の描く二・二六事件においては、決起の行為は誰よりも天皇に向けてなされたものであり、その点では天皇自身に狙いが定められていた。

またそのように見なすことによって、清顕に降り立った〈霊魂〉の〈出所〉を察することができる。つまり時系列を逆行する形で、清顕は一二年〈後〉に現われる決起者たちの霊魂を降り立たせ、テロリズムとしての性格を帯びた行為の主体となるのである。清顕は次巻『奔馬』では、財界の大物を刺殺するテロリストへと「転生」することになるが、この連続性はすでに第一巻の『春の雪』において、周到に準備されているのである。

こうした重なりのなかで、聡子は主人公の男に愛されつつ、侵犯されるという、『憂国』の麗子の輪郭をより強めた形で、三島的天皇の比喩として位置づけられる。

聡子のこの二つの側面は、麗子におけるよりも具体的な次元で示唆されている。それは彼女が〈テロリスト〉である清顕の「恋」の相手であることにも込められているが、それに加えて、彼女が「優雅」に精通した人物であることにも現われている。

先に見たように、この作品における聡子は「優雅」という価値を自身の意識や立居振る舞いに浸透させた女性として描かれていた。その地平においては、清顕は決して聡子の優位に立ちえず、それが彼に聡子から距離を取らせていた。

そして三島の言説における天皇が、第一に「文化概念」であったことを忘れることはできない。『文化防衛論』において、三島は「われわれは天皇の真姿である文化概念としての天皇に到達しなければならない」と述べ、天皇が日本文化の統括者であることを力説している。さらに日本文化の華としての宮廷文化の核心をなす「みやび」の「源流」が天皇にあるとされ、日本古来の民衆文化はその模倣としての「みやびのまねび」として展開していったとされている。

昭和天皇への侵犯

三島の描き出す〈みやびの統括者〉としての天皇と、〈優雅の掌握者〉としての聡子は、明らかに相似形を示しており、むしろ天皇の私的な輪郭を踏まえた上で、聡子の造形がなされているといえるだろう。それを念頭に置くことで、清顕の聡子への関係が〈愛しつつ、犯す〉という二面性をはらむものであったことが見えてくるのである。

この関係を『憂国』における武山と麗子のそれと比べると、清顕にとっては後者の側面が高まっていることが分かる。

武山と麗子はもともと夫婦であるため、性的な結合は「夫婦和合」という倫理的な価値に転じられ、また作中でもそれが明示されていた。一方、聡子は清顕の妻でも婚約者でもなく、皇族との婚約によって性関係をもつこと自体が禁忌となった存在であった。そこから行為の侵犯性がせり上がってくるとともに、その引き金となったものが天皇の下した勅許であることは、一層天皇への犯しとしての側面を浮かび上がらせることになるのである。

それにしてもなぜ三島は主人公に〈天皇〉を犯させようとするのだろうか？　聡子が寓意する〈天皇〉が優雅の体現者として三島のゾルレンが託された存在であったとすれば、それは愛する相手であったとしても、犯す対象ではないはずだともいえるだろう。

おそらくその二面性に、一九六〇年代後半における、三島のザインとしての天皇に対する否定的な心性が織り交ぜられている。三島にとって、戦後の天皇は何よりも精神的な自律性を失って空洞化を強めていく戦後日本の象徴であり、それゆえ憎悪の対象とされたが、それとともにその心性のなかには、昭和天皇その人に向けられた否定の矛先があったと考えられる。それは第一章で引用した、昭和天皇を相対化する晩年の発言からも明らかである。

そうした心性が『憂国』の時点では希薄であった、天皇の比喩としての女性を侵犯するという側面を、主人公の行為として強めることになった。そのように眺めると、大正初めの貴族社会を背景とするこの作品にも、作者の現在時に向けられた批判意識が投げ込まれていたことが分かるのである。

第七章　世界を存在させる「流れ」とは

――『豊饒の海』の転生とアーラヤ識

なぜ神道だけでなく大乗仏教の理論が必要だったのか

三島由紀夫の人物を動的な行動にいざなう、他者的な精神や霊魂の憑依的な浸透の背後には、平田篤胤や折口信夫らの神道系の言説の影響が想定された。一方『豊饒の海』を貫く機軸はいうまでもなく、主人公の生が引き継がれていく輪廻転生《りんねてんしょう》の構想であり、その基底に置かれているものは、大乗仏教の唯識論《ゆいしき》であった。

三島は「「豊饒の海」について」（一九六九）で「やたらに時間を追ってつづく年代記的な長篇には食傷してゐた」ために、「どこかで時間がジャンプし、個別の時間が個別の物語を形づくり、しかも全体が大きな円環をなすものがほしく」く、その手立てとして求められたものが輪廻転生の思想であったと述べている。それにつづいて、その内実が自分には未知であったために、様々な解説書を読むうちに、「私の求めてゐるものは唯識論にあり、なかんづく無着《むぢやく》の摂大乗論《しようだいじようろん》にあるといふ目安がついた」と語られている。

引用にある「無着の摂大乗論」については後で言及することにしたいが、三島が唯識論に惹きつけられたものの、その理解に時間を要したということは、それが三島にとってこれまでなじんでいなかった新しい思想であり、あくまでも四部作の執筆のために求められた装置であったことを物語っている。

三島が三十代以降に次第に傾斜を示していくのは、天皇信仰の基盤である神道系の思想であり、霊魂の観念ももっぱらそこに帰属する。反面『豊饒の海』第三巻の『暁《あかつき》の寺』（一九六八〜七〇）に「仏教は霊魂といふものを認めない」と明記されている前提があり、唯識論を手立てとして作品を構築することは、三島自身の思想軸と齟齬をきたすことにもなりかねない。

それではなぜ、三島は自身の着想の源泉ともいうべき霊魂観に逆行する性格をもつ、大乗仏教の思想に拠りつつ四部作の長篇を構想したのだろうか。

そこに自決へと連続していく、三島独特の思想構築の方向性が顔を覗かせている。本来異質な性格をもつ神道的な霊魂観と仏教的な輪廻観をあえて融合させるところに『豊饒の海』の構想は成り立っており、それが同時に作者自身の生の行方をも示唆しているのである。

とりあえず明瞭であるのは、本来神道系の思想に惹かれてきた三島が、大乗仏教系の輪廻転生の思想を取り込もうとしたのは、後者を装置として、個別の人間の内で作動している霊魂同士の通時的な連続性をつくり出そうとしたからであるということだ。

これまでも三島は『金閣寺』（一九五六）における〈柏木―溝口〉や、『憂国』（一九六一）における〈二・二六事件の決起者―武山〉といった別個の人間間で、その精神や魂が憑依する関係性を作品の眼目としてきた。『サド侯爵夫人』（一九六五）のルネにしても、夫サドの精神を自身の内に取り込み、そこに同一化しようとしていた。

こうした連続性を時間軸の次元で実現しようとすれば、当然異なった時代に生きる人間が、先行者の精神や魂を引き継ぐという着想がもたらされる。輪廻転生の思想によって相互の連続性が想定される『豊饒の海』の四部作とその四人の主人公たちは、そこから生み出されているのである。

転生で受け継がれていく「魂の形」

『豊饒の海』においては、第二巻以降の主人公が、いずれも二〇歳で死ぬことになっている前作の主人公が転生した存在として設定されているものの、次第にその転生の連続性は曖昧になっていく。

第二巻の『奔馬』（一九六七〜六八）の主人公である飯沼勲は、『春の雪』（一九六五〜六七）の主人公清顕の友人で、四巻にわたって転生の検証者となる本多によって、清顕からの転生が確信されるが、第三巻の『暁の寺』の主人公となるタイの姫ジン・ジャンは、勲からの転生の可能性をほのめかすものの、終盤に至るまでその確証を本多は得ることができない。そして第四巻の『天人五衰《てんにんごすい》』（一九七〇）に至っては、主人公の透《とおる》は転生者の寿命とされる二〇歳を超えても生きつづけるのである。

この転生の曖昧化、いいかえれば連続性の消失にこそ、三島の現代日本に対する悲観的な眼差しが込められている。その批判性の意味を考える前に、明瞭なものとして差し出されている〈清顕──勲〉の間の転生のあり方について眺める必要がある。

両者の間の連続性については、前章で触れたとおり、中盤に起こる憑依的な変容をきっかけとして、清顕が聡子への荒々しいテロリスト的な侵犯者となるのを引き継ぐように、勲はその約二〇年後の昭和初期の暗い時代に、文字通りのテロリストとして、世俗の腐敗の元凶として想定される財界の大物を刺殺するのだった。

それを予示するかのように、清顕の聡子への侵犯行動は二つの重大なテロ事件の日付を枠組みとして遂行されたのだったが、この二人の間では『豊饒の海』の中心的な着想である転生が明確な形で想定されている。『奔馬』では本多が、清顕が勲へ転生したとしか思えない場面に遭遇して戦慄《せんりつ》する場面が描かれる。

勲が山梨の山中で衝動に駆られるようにしてキジを銃で撃った際に、居合わせた父親の飯沼がそのおこないに対して「お前は荒ぶる神だ。それにちがひない」（傍点原文）と言うと、本多は衝撃を受ける。それは清顕が生前記していた「夢日記」の中にあったのと同一の科白だったからであり、それを聞いて本多は転生が「理智の力を尽しても否み得ないものになつた」、つまりそれが「事実になつた」（傍点原文）ことを知るのである。

清顕から勲への転生は、それが年齢的に符合しているだけでなく、何よりもその存在の形が相似していることによって、本多の確信をもたらしている。

本多が勲に初めて会ったのは、奈良で催された剣道の試合を見に行った際だが、選手として試合に出た後、奈良の滝に打たれている勲の左脇腹に、清顕にあったのと同じ三つの黒子《ほくろ》を認め、清顕が死の間際に口にした「又、会ふぜ。きつと会ふ。滝の下で」という言葉を思い出し、その後ホテルの部屋で二人を比較しつつ、清顕が勲として蘇《よみがえ》ったという感銘を覚えるのである。

もっとも二人がうり二つの姿を呈しているわけではなく、「清顕の傲慢の代りに、清顕のもたなかつた素朴と豪毅があつた」というように、彼らは「光りと影のやうにちがつていた」にもかかわらず、「相補つてゐる特性が、それぞれを若さの化身としてゐる点では等しかつた」という同一性を強く印象づけられている。その「若さの化身」という力強いみずみずしさを動力として、清顕は恋愛の場で、勲はこの時点では本多に分かっていないものの、革命に向かう行動で、それぞれその生命を燃焼させることになる。

二人に共通するものは、自壊的な烈しさをもった情念で、それが三島自身をも動かしていくことになるが、両者の間で生じる「転生」とはすなわち、その精神ないし魂の形が受け継がれることにほかならない。

その連続性は、決起の計画の漏洩《ろうえい》によって勲たちが捕らえられた裁判の公判でも、本多の感慨として示されている。

勲たちが会合をもった軍人下宿の管理人北崎《きたざき》が、「二十年あまり前」に勲が「女連れ」でそこを訪れたという話を語り、その荒唐無稽を嘲笑されるが、本多も初めその嘲笑に加わりながら、それがすぐに「戦慄」に変わる。その軍人下宿は確かにその時期に清顕が聡子と逢い引きをした場所であり、老人となった北崎の脳裏で二〇年を隔てた二人の映像が重なっていることが察知されたからである。

その清顕と勲の間に、正に同じ年頃だといふほかには、外見上の類似は何もなかつた。しかし死に近い北崎の心に記憶の混乱があらはれて、一つの古い家の中に起つたさまざまな出来事の、色彩の濃淡だけが時間を超えて結びつき、むかしの恋の情熱と新しい忠義の情熱とが、いずれも矩《のり》を踰《こ》え準縄《じゅんじょう》〔＝規範、引用者注〕を外れた所で混り合ひ、丁度あいまいに掻きまはされて泥のやうになつた生涯の記憶の上に、二輪だけ秀でた紅白の蓮の花が、一茎の蓮として観念されたのはありうることだ。

（三十七）

この感慨の修辞的な表現に見られるように、清顕と勲は表面的には対照的である一方、その濃く鮮明な「色彩」によって結ばれる「秀でた紅白の蓮の花」としての相似性によって本多に捉えられている。

ここに記されたものが〈表象〉としての相似性であることは、何よりも精神ないし魂の〈形〉が二人の間で引き継がれていることを物語っている。奈良の滝で勲を初めて見て衝撃を受けた日の夜にも、本多は「顔つきも肌の色もまるでちがつてゐるのに、その存在の形そのものが正しく清顕その人だつた」（傍点引用者）という感慨を覚えるのである。

三島が主人公の精神や魂の〈形〉に重きを置いていたことは、勲が敬愛する堀中尉が自分を見つめる際に、「中尉の烈しい目はたしかに、この一人の大学予科生の魂の形を捕えてゐる筈だ」（傍点引用者）という記述があることからもうかがわれる。

三島が求めた日本文化の連続性

こうした「存在の形」や「魂の形」の連続性は、必ずしも『豊饒の海』の巻同士の間でのみ生じているものではない。他作品の人物との相似性は措《お》くとして、作中の先行者を想定できない『春の雪』の清顕にしても、時系列を逆行する形で、二・二六事件の決起者という烈しい三島的「みやび」の〈先行者〉をもっていたのである。

『豊饒の海』におけるこのような連続性のあり方を眺めると、三島が仏教系の輪廻転生の観念を、神道系の霊魂をめぐる主題を展開する装置としている動機を捉えることができる。

すなわち神道的な霊魂観においては、霊魂同士の通時的な連続性は想定されないために、異なった時代を生きた人間がはらむ精神や魂を連繋させるために、外側の思想が求められる。その時大乗仏教の唯識論が浮かび上がってきたのだったが、それが三島を惹きつけたのは、その中心的な観念であるアーラヤ識が、『暁の寺』で「滔々《とうとう》たる「無我の流れ」」と記されるように、人間の意識の深層を絶えることなく流れていく連続性を本質とするからであった。

その背後には、四十代の三島が評論やエッセイで考究していた、日本文化の歴史的な連続性の問題がある。戦後日本への批判意識から、日本人に固有の精神性の在り処を探求していくことで浮上してくるものが、「ゾルレン」（理念、理想）化された天皇であった。天皇が古代から現代に至る連続性によって日本文化を支える核として見なされることによって、独特の文化論、天皇論が生み出されている。

その代表的な論考である『文化防衛論』（一九六八）の、日本文化の特質が考察された前半部分では、その第一が「もの」ではなく「形」（フォルム）の反復と継承にあることにあるとされる。これは『源氏物語』や能、歌舞伎、華道、茶道といった芸術表現のみならず、人間の行動様式全般をも包含《ほうがん》する次元で、日本文化においては「フォルム」が重視され、とくに芸能の世界では「フォルムがフォルムを呼び、フォルムがたえず自由を喚起する」性格がその本領をもたらしているという。

第二の特質として挙げられるのは、日本文化には本来「オリジナルとコピーの弁別」がないことで、その典型的な例となるのが「伊勢神宮の造営」である。伊勢神宮は二〇年ごとに式年遷宮によって建て替えられるが、そこでは「いつも新たに建てられた伊勢神宮がオリジナルなのであつて、オリジナルはその時点においてコピーにオリジナルの生命を託して滅びてゆき、コピー自体がオリジナルなのである」という互換的な関係が成立しているとされる。

この二つの特質は当然連携し合う関係にある。「形（フォルム）」は先人によって受け継がれたものであり、それを消化しつつそこに自己の個性を重ねていくという日本芸能の性格も、「オリジナルとコピーの弁別」を曖昧にすることになるからだ。こうした特質のなかで日本文化は営まれてきたのであり、「日本人にとっての日本文化とは、源氏物語が何度でもわれわれの主体に再帰して、その連続性を確認させ、新しい創造の母胎となりうるやうに、ものとしてのそれ自体の美学的評価をのりこえて、連続性と再帰性を喚起する」と述べられている。

この引用箇所で「連続性」という言葉が反復されているように、日本文化の歴史を途切れることなく貫流するものへの希求が三島の内で高まっていた。それが時代を超えた個体間で精神や魂の形が引き継がれていく『豊饒の海』の背後にあることが察せられるのである。

三島のアーラヤ識に対する把握

アーラヤ識を核とする唯識論の理論は、こうした着想を下支えする枠組みにほかならなかった。唯識の思想は第一巻の『春の雪』にもすでに顔を見せているが、次第に言及の比重を高め、第三巻の『暁の寺』では中盤でその素描に相当のページ数が割《さ》かれている。

『春の雪』におけるタイの王子たちとの議論では、転生の観念に否定的であった本多は、『奔馬』では清顕から勲への転生の〈現場〉に居合わせることによって、自身の理性的な立場を覆《くつがえ》す形でその可能性を肯定せざるをえなくなる。

そしてそれを探求するべく繙《ひもと》いていった輪廻転生に関する解説書の内容がかいつまんで紹介されるが、そこで仏教が霊魂の存在を認めないとした上で、それが「ただみとめるのは、輪廻によって生々滅々して流転する現象法の核、いはば心識の中のもっとも微細なものだけである。それが輪廻の主体であり、唯識論にいふ阿頼耶識《あらやしき》である」と語られている。

そして『暁の寺』では、本多がこうした考察をさらに深めていった結果が長々と綴られていく。小説中の叙述としては、ややわずらわしく感じられる部分だが、『豊饒の海』四巻に盛り込まれた三島の着想が集約的に現われている部分でもあり、とくに三島が唯識論やアーラヤ識をどのように小説構築に取り込んでいたかをうかがわせる点で、看過すべきでない重要性をもっている。

『暁の寺』「十八」章で中心的に述べられる、唯識論の核としてのアーラヤ識とは、眼、耳、鼻などの感覚器官による六識の下層にあって、「個人的自我の意識」を司る第七識としてのマナ識のさらに「その先、その奥」に存在する「究極の識」である。「アーラヤ」とは

「蔵」を意味するが、その含意が示すように「存在世界のあらゆる種子《しゆうじ》を包蔵する識」であるとされる。

「種子《しゆうじ》」とは現実世界で人間が何らかの活動をおこなったことによる結果であり、それが因となって来世において「苦楽いずれかの果報として現行《げんぎよう》する」つまり現実化されることになる。そしてそれがおこなわれる場がアーラヤ識にほかならない。

種子《しゆうじ》が来世に「果報」をもたらすのは、それがアーラヤ識に「植えつけられ」ているからであり、その作用を薫りが移ることになぞらえて「薫習《くんじゆう》」という。いくつかの種類がある種子《しゆうじ》のなかで、アーラヤ識に熏習された種子を現行させる作用を及ぼすものを「業種子《ごうしゆうじ》」といい、やはりアーラヤ識に含まれるこの種子の力によって、現世と来世の間の因果的な連続性がもたらされるとされる。

三島のアーラヤ識に対する把握をかいつまんでまとめれば以上のようになる。「「豊饒の海」について」で述べられるように、三島は「なかんづく無着の摂大乗論《しようだいじようろん》」に展開される唯識の観念に惹きつけられたのだったが、種子の熏習と現行の理論は確かに『摂大乗論』の中心的な主題の位置を占めている。

三島が『摂大乗論』をとくに参照しようとしたのは、そこで描かれているアーラヤ識が

「染浄」の二面性をもった流れとして特徴づけられているからであろう。三島は『摂大乗論』の把握を、蔵書に含まれる宇井伯寿《ういはくじゅ》『摂大乗論研究』（岩波書店、一九三五）や佐々木月樵《ささきげつしょう》『漢訳四本対照　摂大乗論』（日本仏書刊行会、一九五九）などから得ていると察せられるが、このどちらの著作でもアーラヤ識は「汚染」と「清浄」をともにはらんだ「真妄和合識」であると述べられている。

また『暁の寺』でも「無着が主張してゐるやうに、当然、阿頼耶識自体も無染のものではなく、水と乳のまざり合つた和合識で、半ばは汚染してゐて迷界への動力となり、又、半ばは清らかで悟達への動力となる」と述べられているが、こうした「半ばは汚染して」いる要素としての種子をはらんでいるからこそ、それが滅せられることによって悟りの境地がもたらされてくることになるのである。

個人と世界に共通する二面性——「汚染」と「清浄」

『摂大乗論』自体の叙述においても、アーラヤ識があるからこそ汚染と清浄の両面が存在することが強調されており、それがなければ「煩悩という汚染も、業という汚染も、生存という汚染も、すべて成立しえないであろうし、また世間的な清浄も、世間を超えた清浄も、すべて成立しないであろう」（長尾雅人訳）と語られている。唯識の著作として無着（アサンガ）の『摂大乗論』とともに重要な意味をもつ世親《せしん》（ヴァスバンドゥ）の『唯識三十頌《じゅ》』では、アーラヤ識の「染浄」の二面性は明確には述べられておらず、その比較からも三島がアーラヤ識に求めたものが何であったかが示唆されている。

それに加えて三島が興味を覚えたのは、こうした汚染と清浄の二面性が、個人と世界の二つの次元で想定されていることであろう。この性格によって、三島は『豊饒の海』を「世界解釈の小説」（「『豊饒の海』について」）として構想することができたのである。『暁の寺』では「阿頼耶識は、かくてこの世界、われわれの住む迷界を顕現させてゐる」と述べられるように、アーラヤ識が現実世界の産出力としても捉えられ、それ以降の記述でも繰り返し「しかし世界は存在しなければならないのだ！」という一文が織り込まれている。

アーラヤ識が、個人間の転生を論理立てる観念としてのみ求められているのであれば、〈世界の存在〉という命題は余剰のものであるはずだが、三島はあたかも転生者の連続性が世界の連続性の傍証でもあるかのように、「世界は存在しなければならない」ゆえのアーラヤ識の必然性を強調しようとするのである。

興味深いのは、アーラヤ識がはらむ「染浄」の二面性が、主人公の造形との照応を示していることだ。つまり『春の雪』の清顕にしても、『奔馬』の勲にしても、烈しい情念的霊魂の主体となりながら、そのあり方は必ずしも「清浄」とはいい難い〈不純〉さを含んでいる。

前章で見たように、聡子に向かう清顕の恋の情念は、自壊的な純粋さのなかを進んでいくように見えながら、優雅の力関係において劣位に置かれることなく、相手の肉体だけを享受しようとするエゴイズムをはらんでいた。その点で清顕の情念は「染浄」の二面性を備えているといえる。

勲は清顕が示すようなエゴイズムとは無縁であるように映るが、しかし彼にも〈純粋〉とはいい難い側面が見出される。彼の精神は、革命に向かう情念に収斂されているように見えながら、それを実践するための政治的なヴィジョンも思想的な深化も希薄なのである。

勲とその仲間は、一八七六（明治九）年に熊本で起きた、欧化に走る政府の政策を批判して熊本鎮台、県令宅などを襲撃した保守派士族の叛乱である神風連《しんぷうれん》の乱を、自分たちの行動と精神の規範としている。

神風連の主体であった敬神党《けいしんとう》は、強烈な政府批判に加えて独自の思想的性格を備えていたが、渡辺京二《わたなべきょうじ》の『神風連とその時代』（葦書房、一九七七）によればそれは「民族神の防衛」

にあり、彼らが廃刀令に抵抗したのも、武士としての拠り所へのこだわりよりも、その観念的な攘夷論者としての性格を浮き彫りにする姿勢であった。

しかしどれほど狂的なものであれ、勲の内には敬神党が示していたような明瞭な思想的志向性はなく、もっぱら私利私欲に走る世俗への嫌悪感の表現として、テロリズムへの傾斜が生まれている。

勲が仲間と唱える「ひとつ、われらは神風連の純粋に学び、身を挺して邪鬼姦鬼《じやきかんき》を攘《はら》はん」という文句における「邪鬼姦鬼」にしても、具体的な政治家や実業家というよりも、むしろ世俗そのものを指している。また勲はもともと剣道に打ち込む青年であり、奈良の試合でのその姿が本多を捉えたのだったが、剣道についても彼はすでに「竹刀《しない》に飽いた」心境に至っているのである。

また勲には「二十六歳で刑死」した幕末の開国派の行動家である橋本左内《はしもとさない》に憧れを抱くように、〈死〉そのものに惹かれている面が強く見られる。こうした輪郭は、純粋な行動者のものというよりも、三島自身がかつてそうであった、現実世界にイロニー的な距離を取ろうとするロマン主義者のものであり、一つの行動に向かう情念の純粋さが彼を貫いているとはいい難い。その点で勲にもやはり〈不純〉な面があり、「染浄」の二面性を帯びた存在として造形されているといえるだろう。

世界は存在しつづけなければならない

こうした造形によって、『春の雪』と『奔馬』の二巻の間では、主人公同士が転生によって結びつけられるだけでなく、その転生をいわば必然化する、内面や精神の相似性が施されており、ともに自壊的な烈しさをはらむ情念の担い手となっていた。そして、その相似性のなかに通時的な連続性が、一つの「流れ」として浮かび上がってくることになる。

転生の論理においては、それによって結びつけられる人間同士が〈似ている〉必然性はもちろんない。けれども三島は、この二巻の間では明らかにそれを仮構しようとしており、そこに現われてくる、ある強い方向性をもった「流れ」に対して与えられた呼称が「阿頼耶識」であった。そしてその特質ともいうべき「染浄」の二面性を備えている点で、清顕と勲はアーラヤ識の化身にほかならない。

こうした造形の前提として、三島によって素描されるアーラヤ識は中立的というよりも、今見たようなある特定の色合いをはらんだものとならざるをえない。

三島が唯識論の理解のために参照した著作の一つである、深浦正文《ふかうらせいぶん》の『輪廻転生の主体』

（永田文昌堂、一九五三）で「阿頼耶識自身の道徳的性質は無記である」と述べられるように、アーラヤ識には本来、道徳的判断の対象にならない「無記」という中立性がはらまれている。また深浦の説明では業種子の「助縁」的作用によって、アーラヤ識に含まれる種子が現行することで来世における「善悪」の果報がもたらされることになるが、三島の描くアーラヤ識においては、「唯識論は、（中略）阿頼耶識自体に、輪廻転生を引き起す主体も動力も、二つながら含まれてゐると考へるのだ」（傍点引用者）と述べられるような主体性が想定され、来世への因果性をもたらす積極的な「力」を付与されているのである。

それを反映するように、『春の雪』と『奔馬』の二人の主人公はともに社会の規範を逸脱するような烈しさを潜ませていた。そして三島的なアーラヤ識が、世界が存在しつづけることの根拠として想定されるということは、アーラヤ識の化身であるこの二人の間に見られるような烈しさを含んだ情念、魂の連続性こそが、現実世界を「存在」させる、いいかえれば意味あるものとするということでもある。

『暁の寺』で繰り返される「しかし世界は存在しなければならないのだ！」の一つのフレーズにつづく次のような記述は、アーラヤ識に込められた三島の認識というよりも希求を物語っている。

そのためには、世界を産み、存在せしめ、一茎の水仙の花を存在せしめ、一瞬一瞬、不断にこれを保証する識がなくてはならぬ。それこそ阿頼耶識、無明《むみよう》の長夜を存在せしめ、かつ、この無明の長夜にひとり目ざめて、一刹那一刹那、存在と実有を保証しつづける北極星のやうな究極の識である。

（十九）

この叙述ではアーラヤ識は「一刹那一刹那、存在と実有を保証しつづける」という明確な主体性によって描かれている。アーラヤ識自体に「染浄」の二面性があることが示された上で、今度は「無明の長夜」になぞらえられる暗い停滞の時空としての現実世界との対比のなかで、「北極星のやうな」という特権的な個別性によってイメージされているのである。

この特権的な個別性のイメージは、もちろん本来のアーラヤ識の属性とは隔たっており、むしろ清顕や勲、あるいはその後の転生者として想定されるタイの姫であるジン・ジャンといった人物たちがはらんでいた貴種性と重ねられるものである。そしてその貴種性が行き着く先は、やはり天皇という存在以外ではない。

今の引用にあった「一茎の水仙の花」は『鏡子の家』（一九五九）の終盤にも、画家の夏雄が鎮魂の修行の末に見出したものとして出てきていた。第四章で述べたように、この「水仙」は「現実の核」として位置づけられている点で、天皇の比喩として見なされた。『豊饒の海』においては、主人公たちは天皇そのものの寓意というよりも、古代から引き継がれるその存在を成り立たせる流れの形象化であり、それゆえ「一茎の水仙の花を存在せしめ」（傍点引用者）と記されるアーラヤ識の化身だったのである。

身体は変わっても不変の「天皇霊」

このように眺めると、『豊饒の海』の思想的支柱というべき唯識論のアーラヤ識は、天皇の系譜によって象徴される日本文化の連続性を比喩的に下支えする観念であったことが分かる。この四部作と『文化防衛論』をはじめとする日本文化に関する言説が同時期に書かれているのは自然な照合なのである。

ここで眼を配るべきなのが、三島が天皇の連続性を傍証する観念として受け取ったと見なされる、折口信夫の「天皇霊」をめぐる言説である。

日記形式のエッセイ『裸体と衣裳』（一九五四）で南方熊楠とともに、三島が「夢中」になっている対象として折口の名前が挙げられていたように、三十代前半から三島は折口の言説に感化を受けていることが察せられる。一九六五（昭和四十）年には折口をモデルとする国文学者・歌人を主人公とする短編の『三熊野詣』が書かれている。

天皇の存在を主題とする折口の論考のなかで中心をなすのは、新しく即位した天皇のためにおこなわれる儀式である大嘗祭《だいじょうさい》を論じた『大嘗祭の本義』（一九二八）である。ここでも折口は、霊魂を「外から来るもの」であるとし、「魂の附着」によって「新しい力」を生じさせると前提しつつ、「天子様としての威力の根元の魂といふ事で、此魂を附けると、天子様としての威力が生ずる」種類の霊魂が「天皇霊」であるとしている。

『霊魂の話』（一九二九）で「体に、這入ったり出たりするもの」と規定されていた霊魂の捉え方は『大嘗祭の本義』でも同様であり、「恐れ多い事であるが、昔は、天子様の御身体は、魂の容れ物である、と考へられて」おり、「信仰上からは、先帝も今上も皆同一で、等しく天照大神《アマテラスオオミカミ》の御孫で居られる。御身体は御一代毎に変るが、魂は不変である」と述べられている。

この考え方は、古林尚との対談での「天皇というのは、だから個人的な人格は二次的な問題で、すべてもとの天照大神にたちかえってゆくべきなんです」（「三島由紀夫　最後の言葉」

一九七〇）という三島の発言と同趣旨で、三島の天皇観が折口経由であることをうかがわせている。そして折口は、大嘗祭でしつらえられる悠紀《ゆき》・主基《すき》の寝殿に、即位した天皇は「魂が身体へ這入るまで、引き籠もつて居る」のだと述べている。この「鎮魂《ミタマフリ》」の行為によって天皇は天皇霊と同一化し、神代からの連続性をその身に受けて〈真の天皇〉となるのだった。

二〇一〇（平成二十二）年に出された『天皇の宮中祭祀と日本人』（日本文芸社）で宗教学者の山折哲雄《やまおりてつお》が「大嘗祭とは、歴代の天皇の肉体を次々と通過してきた神武天皇以来の天皇霊を次代の天皇の体に付着させるための儀礼」であると述べるように、折口の大嘗祭観は批判を与えられながらも基本的には現在にまで受け継がれている。

そしてこの神話的な時代に始まり、現在に至るとされる天皇の連続性が、天皇霊の継承によって保全されるという理論が、『豊饒の海』の輪廻転生の構想の基底にある。

主人公たちは、アーラヤ識の流れのなかで前代の人物の霊魂を受容し、次代を生きることになる。そのためその連続性の比喩であるアーラヤ識は、様々な仏説を参照しつつも、現実世界を積極的に意味づける「流れ」として、三島的な色合いを与えられているのである。

「二十歳」という年齢の意味

こうした神道的な言説の感化が主人公間の転生の基底にあることを念頭に置けば、彼らの寿命が「二十歳」に設定されていることの意味も明らかになるだろう。すなわちこの年齢は仏教の観念とは関係なく、伊勢神宮の式年遷宮がおこなわれる間隔が〈二〇年〉であることにちなんでいるのである。

この照応の指摘は、飯島洋一《いいじまよういち》の『〈ミシマ〉から〈オウム〉へ——三島由紀夫と近代』（平凡社、一九九八）にも見られる。ここで飯島はやはり折口の論を踏まえつつ、憑霊による転生という把握を示し、日本を支配する「見せかけの秩序」の端的な例として「伊勢でいうならば、二〇年ごとの遷宮であり、ここでの主題でいえば、二〇歳での転生ということになるだろう」と批判している。

式年遷宮と『豊饒の海』の間にある「二〇年」という間隔がなぜ「見せかけの秩序」を意味するのか、私には了解し難い。また憑霊についても飯島の論で強調されるのは、その機構によって旧憲法下の「家族国家観」が国全体に浸透していくということで、本書での趣旨とは異なっている。

伊勢神宮の式年遷宮がおこなわれる理由については、梅田義彦《うめだよしひこ》『伊勢神宮の史的研究』

（雄山閣、一九七三）では、正殿などが木造・萱葺《かやぶき》であるために、その耐久期間が現実的に二〇年程度であることに加えて、「その機会に宮社を造替して神儀（神体）を清らかな新殿に奉還し、更《あらた》めて大御神の神威・霊徳のほどを仰ぎ奉るということ、言い換えれば、大御神の再生を見奉ろうということであった」と述べられている。

他の専門家もおおむね建て替えによる神威の高揚ということを指摘しているが、今の引用にある「大御神の再生」という見方にも含意されているように、建造物としての新たな生命を付与することで、そこに祀られた天照大神《アマテラスオオミカミ》の霊的なエネルギーを「再生」するというのが、式年遷宮の狙いであろう。

そして前に触れたように、そこに「オリジナルとコピー」の関係を三島は見て取っていたが、それが『豊饒の海』の最初の二巻の主人公同士の間にも成り立っていることが分かる。清顕と勲はそれぞれ「オリジナル」な人間同士でありながら、勲は清顕の〈テロリスト〉的な情念を模倣する「コピー」でもあり、本多が奈良の滝で出会った勲に「清顕はよみがへつた！」という感銘を覚えるように、勲は清顕の「再生」にほかならなかった。

なぜ次第に転生が曖昧になってくるのか

『豊饒の海』の主人公たちの転生は、こうした天照大神《アマテラスオオミカミ》を起点とする天皇の系譜と響き合いつつ、日本文化にはらまれると見なされる霊的なエネルギーの連続性を傍証するものであった。

したがって、それが第三巻以降、次第に曖昧になってくることの意味は明瞭だろう。それは日本の精神的な同一性が次第に失われていき、古代からの「流れ」が希薄になってきているという認識の表現以外ではない。

第三巻の『暁の寺』で、勲の転生者として想定されるジン・ジャン（月光姫）は、タイの王女であり美貌の持ち主であるという貴種性によって転生者の資格をもちながら、前二巻の主人公たちのような、自壊的な情念に駆られた行動を取ることはない。日本を舞台として本多と接するようになる後半部の展開では、留学生として日本を訪れたジン・ジャンは、もっぱらその蠱惑《こわく》的な肉体によって本多の心を乱すエロス的存在として現われている。

ジン・ジャンが清顕、勲を引き継ぐ転生者であることは、物語の終盤、本多の別荘で彼女が隣人の久松慶子《ひさまつけいこ》と同性愛に耽っている場面を本多が覗き見、そこで転生の徴《しるし》というべき、左脇腹に三つ並んだ黒子が認められることで、ようやく確信されることになる。

そのジン・ジャンが転生者である可能性が最初に浮上したのは、判事から転じた弁護士としての仕事で本多がタイに赴いている際である。自分が日本人の生まれ変わりであると主張する幼い姫が王宮にいるという話を聞いて、本多が彼女に会った時に、清顕や勲に関する正確な情報が口にされたのであった。

さらにその場で彼女は、本多に対して「本多先生！　本多先生！　何といふお懐かしい！　私はあんなにお世話になりながら、黙って死んだお詫びを申上げたいと、足かけ八年といふもの、今日の再会を待ちこがれてきました。（中略）どうか本多先生、私を日本に連れて帰つて下さい」という訴えをおこなっている。

この言葉を聞いても、本多はジン・ジャンが二人の転生者であるという確信には至らないが、それは彼女が個的な人間として転生を果たしているとは思われなかったからであろう。今の言葉の主体は勲に擬せられるが、しかしこの場で彼女は清顕に関する情報も口にしているのであり、それは逆に勲からの転生を疑わしくさせる。

帰国後、本多はこの場面を振り返って「月光姫の心には、自分も意識しない来世や過去世の出水が起つて、一望、雨後の月をあきらかに映すひろい水域に、ところどころ島のやうに残る現世の証跡のはうを、却つて信じがたく思はせてゐたのかもしれない」という感慨を覚えている。

幼いジン・ジャンが清顕や勲に帰せられる言葉を口にするのは、『英霊の声』（一九六六）で、霊媒者の「川崎君」に二・二六事件の決起者と特攻隊員の霊がともに依り憑いていた場面になぞらえられる。「自分も意識しない来世や過去世の出水」という表現に見られるように、王宮の場面ではジン・ジャンが巫女として、霊の声を伝えていたと考えられるのである。

現に戦後日本にやって来たジン・ジャンは、この場面のことをまったく覚えておらず、「小さいころの私は、鏡のやうな子供で、人の心のなかにあるものを全部映すことができて、それを口に出して言つてゐたのではないか、と思ふのです」と本多に語っている。

対米従属の〈戦後日本〉を体現する人物・本多

けれども三島的な霊魂観を念頭に置けば、バンコクでの面会の折に、勲に擬せられる霊がジン・ジャンに憑依していたことは偶然ではないといえよう。

本多が幼いジン・ジャンに会ったのは、一九四一（昭和十六）年九月頃だが、この時期が太平洋戦争の前夜に当たっていることはいうまでもない。この年、日本は六月の独ソ開戦を受けて、七月に南部仏印への進出を決定している。

それに対してアメリカは、石油の全面的な輸出禁止の措置を取って日本に抑圧を加えたが、この姿勢は日本の開戦への意向を固めさせることになり、十月十六日に近衛文麿《このえふみまろ》内閣が総辞職し、東条英機《とうじょうひでき》による内閣が成立している。

こうした状況が進んでいく時期に本多はジン・ジャンに憑依した霊の言葉を聞いているのである。神道的な言説を踏まえた三島の霊魂観において、霊魂が他界にとどまり、現世を眺めつづけるのであれば、国運を左右する緊張が高まっている時期に、それを憂慮する勲の霊がタイの姫の身体に降り立ってその言葉を伝えたとしても、不思議ではないだろう。それは転生そのものではないにしても、これまで眺めてきたように、三島的な転生が霊魂の憑依の比喩的ないいかえである以上、両者の間に根本的な差違はないのである。

またそう考えれば、一九五二（昭和二十七）年を時間的な舞台として展開する後半部において、ジン・ジャンへの転生が曖昧化するのも、合理的な造形であることが分かる。第二章や第五章で見たように、この年は前年に背中合わせに結ばれたサンフランシスコ平和条約と日米安全保障条約が発効した年であり、日本は連合軍からの〈独立〉を勝ち得るとともに、アメリカへの新たな従属関係に置かれることになった。

『潮騒』（一九五四）では、こうした状況を背景として、日本がその精神的な拠り所を固めつつ、アメリカからの自律を手にしていくことへの積極的な展望が込められていた。一方『暁の寺』ではほぼ同じ時代を後半部の背景としながら、それが執筆時の一九六八（昭和四十三）年、六九（昭和四十四）年頃の状況と重ね合わされることで、より否定的な色合いによって描き出されている。

本多の御殿場の別荘での隣人となる久松慶子は、「アメリカ占領軍の若い将校」を愛人とし、クラブのマダムに「あなたあんまりアメリカくさいわよ」と言われるように、端的に〈アメリカ〉の寓意として登場している。

そして本多がジン・ジャンに贈りながら、その気まぐれな憤りによって投げ返された指輪を、何とか彼女のもとへ返してもらうように慶子に懇願する際に本多がする、彼女の前にひれ伏して足の甲に接吻するという屈辱的な行為には、戦後の日米関係が映し出されているといえるだろう。

三島が捉える戦後日本は富裕で空虚な経済大国であったが、『暁の寺』の後半部の本多はまさにそうした存在として描かれている。彼は土地所有をめぐる訴訟に、戦後の法改正に乗じて勝つことで、三億六〇〇〇万円という莫大な報酬を手に入れ、その金で建築した別荘で、ジン・ジャンと慶子の同性愛の場面を目撃することになる。それだけでなく本多は日常的な覗き魔でもあり、夜の公園で恋人たちの痴態を覗き見ることで快楽を得ている。

こうした、富裕ではあっても精神的な充実感を欠き、卑小な快楽に昂揚を覚える本多の姿は、三島が否定的に眺める戦後日本の戯画であり、そのため、本多が慶子に屈従する場面が、戦後の日米関係の暗喩となるのである。

そうした表現を踏まえれば、この巻でジン・ジャンが転生者の輪郭を失っていないのは不思議にも思えるが、逆にいえば清顕、勲との落差のなかに彼女が現われることによって、転生、すなわち烈しさをはらんだ霊魂の引き継ぎが困難になった状況が示されているのである。反面、ジン・ジャンがなお転生者の位置を降りていないのは、本来の貴種性に加えて、彼女に付与された一抹の彼岸性によっているだろう。ジン・ジャンは本多を魅惑しつつも、つねに彼の手の届かない位置におり、慶子との同性愛の場面では、それが壁を隔てた〈向こう〉でおこなわれているという条件によって、距離性がさらに強められていた。

そうした表現のなかで、ジン・ジャンはかろうじて転生の流れを引き継ぐ存在として位置づけられているが、次巻の『天人五衰』ではさらにその流れは微弱になり、主人公は「魂の形」としては一切転生の証《あかし》を見せることはなくなるのである。

第八章

〈神〉となるための決起

――『天人五衰』と一九七〇年十一月二十五日

自決への決意はいつ定まったのか

これまでの検討から、三島由紀夫が現実世界に見切りをつけ、その〈彼岸〉へと超え出ようとする意志を固めたのは、一九六五（昭和四十）年頃であったと考えられる。それを如実に物語っているのが『サド侯爵夫人』（一九六五）であり、また二・二六事件を扱う『憂国』（一九六一）から『英霊の声』（一九六六）への主題的な変容にもそれが見て取られた。

それと同調するように浮かび上がってくるのが、その離脱すべき現実世界を象徴する存在としての昭和天皇に対する否認の姿勢であった。

「ザイン」（現実存在）という言葉で括られる天皇は、六〇年代後半の日本の現実世界に向けられた三島の否定的な感情を吸収する装置でありながら、次第に天皇自身が嫌悪の対象として浮かび上がってくることになる。

第一章で引用したように、『新潮』一九八六（昭和六十一）年八月号での島田雅彦との対談で、磯田光一は、三島が「本当は宮中で昭和天皇を殺して死にたかった」という心中をもらしていたという発言をしている。もちろん三島はその〈殺意〉を実行に移そうとしたわけではないが、天照大神《アマテラスオオミカミ》に収斂される理念化された天皇が、自身の現実批判の立場として明確化されていくのに応じて、ザインとしての天皇はその価値を低減させていくことになる。

作品中においても、「象徴天皇」に仮託された戦後日本への批判のなかに、天皇自体への否認、侵犯が比喩的な形で織り込まれるようになる。『サド侯爵夫人』や『英霊の声』に加えて、『朱雀家の滅亡』（一九六七）や『春の雪』（一九六五～六七）にもそれが濃密に見られた。

けれども、こうした作品の執筆の時点では、まだ一九七〇（昭和四十）年十一月二十五日における自決への決意は生まれていなかっただろう。六五年から書き始められた『豊饒の海』四部作が進行中である限り、作家としての責務を全うしようとする三島の自覚は、それを中断させる行為に容易に走ろうとはしないはずだからだ。

また自決の日をあらかじめ見定めておき、そこに向けて作品の完成を急いでいったとも、必ずしもいえない。少なくとも『春の雪』『奔馬』（一九六七～六八）『暁の寺』（一九六八～七〇）の三巻はそれぞれ一年半程度の時間をかけてじっくりと書き進められており、それまでの創作のペースと変わりはない。

ただ第四巻の『天人五衰』（一九七〇）だけは、一九七〇年五月から十一月の自決の直前までの七カ月間という短い期間で書き上げられている。これはやはり十一月の自決の日を目《め》処《ど》とする進行にほかならず、自決の具体的な決行の日取りは、『天人五衰』起筆の時点では完全に三島の視野に置かれていたはずである。

『天人五衰』に込められたアイロニー

もっともこうした推定は、執筆の時期や期間から機械的に割り出されるものにすぎない。作品の表現を軸として自決への足取りを探り出していくという本書の方向性からも、自決への傾斜を作品のなかから抽出する必要があるが、『天人五衰』にはやはりそれが明確に差し出されているのである。

『天人五衰』は分量的にこれまでの三巻の八割程度と少なく、内容についても奥野健男の「『春の雪』『奔馬』にあった物語としてのたゆたいや、ディテールの日常的リアリティがなく、いかにも観念的である」（『三島由紀夫伝説』新潮社、一九九三）といった評に見られるように、小説としての豊かさを欠いた粗書きになっているという見方が一般的である。その評価自体は否定しえないが、内容的には、三島の自決への跳躍を考えるために貴重な素材を含んでいる。

『天人五衰』では、転生者の徴である三つの黒子は、展開の早い段階で本多にその存在を顕現している。本多は久松慶子と清水《しみず》市を訪れた際に、そこで港の通信員をしている透という少年の左脇腹に並んだ三つの黒子を目撃し、転生が持続している可能性を知る。そして本多は透を養子として迎え、共生を始めるが、次第に露わになるこの少年の冷酷さに苦しめられ、その社会的位置さえも抹殺されそうになるのである。

本多は透の過酷な振る舞いに耐えながら、彼が二〇歳という年齢を通過するかどうかを検証しようとする。しかし透は、慶子から自分の黒子の意味とそれまでの経緯を聞かされ、自身の貴種性を証すべく服毒自殺を図るが、命をとりとめたものの盲目となり、そのまま二〇歳を過ぎても生き長らえていくのである。

『奔馬』から『暁の寺』にかけて曖昧になっていた主人公間の転生は、この巻ではそれが起こる気配もなく、透は贋物《にせもの》の転生者として輪郭づけられている。そこに込められた苦いアイロニーは明瞭である。

すなわち、これまで受け継がれてきた転生とは、清顕と勲の間で顕著であるように、烈しさをはらんだ貴種的な魂の継承のことであった。その連続性に、天皇に象徴される、古代からの日本文化の連続性が重ね合わされていたのだったが、一九七〇年の現在において、その連続性が拡散し、希薄化してしまっているという認識が、透の造形に込められているのである。

しかも『天人五衰』の時間的な舞台は、本多が透に苦しめられる後半部においては一九七四（昭和四十九）年から七五（昭和五十）年にかけての近未来の時間であり、三島が現代日本に対して抱く否定的な感情が虚構的に増幅されているとも見なされる。

転生者たちに対する復讐

この作品の世界を特徴づけているのは、本多をはじめとする登場者たちの身の上に起こる、行為とその結果の因果応報的な照応である。

本多は清水の信号所で見出した透を、その左脇腹に黒子を発見したことから養子として引き取り、その結果として透の冷酷さの餌食《えじき》となってしまう。本多は透の機嫌を損ねて暖炉の火掻き棒で額を割られ、性癖である覗きの場面を押さえられた事件の後では、透に準禁治産者として社会的に葬られそうになるのである。

それが単に本多にとって不幸な帰結とだけいえないのは、第一にこうした冷酷な所行をもたらす透の内面の荒廃が、本多自身のそれの戯画だからだ。そもそも本多が透を養子に迎えようとした前提となっているのが、本多が透から受け取った、自身との相似性であった。信号所で透と遭遇した際に、本多は次のような感慨を覚えている。

本多と少年の目が会つた。そのとき本多は少年の裡《うち》に、自分と全く同じ機構の歯車が、同じ冷ややかな微動を以て、正確無比に同じ速度で廻つてゐるのを直感した。どんな小さな部品にいたるまで本多と相似形で、雲一つない虚空へ向つて放たれたやうな、その機構の完全な目的の欠如まで同じであつた。

（十）

この親しさも働いて、子供のない本多は透を自分の養子として引き取ることを決めるが、これは転生の可能性を見届けるためには過剰な選択であった。透が本当に清顕からジン・ジャンに至ると想定される転生を引き継いだ人物であるかどうかを確かめるには、彼の動向を逐一追っていればすむことであり、莫大な資産をもつ本多にはそれは容易なはずである。

本多が透を引き取ろうとするより根本的な動機は、転生の継承者と目される少年を自分の支配下に置くことによって、憧憬と嫉妬のない交ぜになった感情を覚えてきたこれまでの転生者たちの優位に立とうとしたことであろう。

本多が透の姿を眺めつつ「今にして本多は思ひ起した。清顕や勲に対する本多のもつとも基本的な感情は、あらゆる知的な人間の抒情の源、すなはち嫉妬だつたのだと」と記される箇所があるように、短く非凡な生を燃焼させた転生者たちは、本多には手の届かない存在である。明確な行動者ではないジン・ジャンにしても、本多の心を翻弄《ほんろう》しつつ、遠い距離の向こうにいつづける人物であった。

こうした屈折を踏まえれば、本多が出会った時点で一六歳の少年であった透を引き取って、尋常な教育を施して凡庸な人間に仕立てようとするのは、転生者であるかもしれない透の〈寿命〉を延ばすための恩恵的行為であると同時に、本多が転生者たちに抱かされていた自身の劣位性を解消しようとする目論見であったと考えられる。

透にイタリア美術での好みを訊ね、「マンテーニヤです」という答えが返ってきた際にも、本多はただちにそれを否定し、「ルネッサンスはすばらしいですね」という月並みな答えを強要するのである。

この場面につづいて、これまでの転生者たちがその飛翔する「翼」を隠さなかったことが、「人間どもの社会に対する侮蔑でもあり傲慢でもあつて、早晩罰せられなければならない」という本多の感慨が示されているが、本多自身が「人間どもの社会」を代表する存在である以上、彼は清顕らに「侮蔑」や「傲慢」を感じ取ってきたということでもある。その点で本多の透に対する養育は、転生者たちへの秘かな復讐戦にほかならなかった。

因果応報に込められた思想の変化――唯識からアビダルマへ

そして本多はあたかもその屈折した動機を蹂躙《じゆうりん》されるように、透との共生で過酷な日々を過ごさねばならなくなる。けれども透が本多と相似形の人間であり、その冷たさや荒廃も本多自身が抱えたものの強調であったことを考えれば、こうした振る舞いを受けるのも自業自得であったといえよう。

見逃せないのは『天人五衰』において、こうした自業自得ないし因果応報的な行為とその結果が幾通りにも現われることだ。透も本多に暴虐を重ね、慶子に輪廻転生の話を聞かされた後で服毒自殺を試みたあげく、盲目となってしまう。また慶子にしても、転生の秘密を無断で透に明かしてしまったことから、本多に絶交をいい渡されるのである。

こうした照応関係は当然、作者三島の周到な企図の産物であり、そこには『豊饒の海』四部作の背後にある思想軸の変質が投げ込まれている。すなわち『天人五衰』では、これまで『豊饒の海』を支えてきた唯識論とその核としてのアーラヤ識は前景から退き、それとは別個の仏教的な思想軸が浮上してきている。それは、しばしば大乗仏教の唯識と対比される、小乗仏教の思想であるアビダルマである。

ブッダの教説をまとめたアーガマ教典を研究する諸派の総称であるアビダルマは、それゆえ部派仏教とも呼ばれるが、ここでの重点は宇宙や自然界の原理ではなく、「その中に生まれ死ぬいのちある者、すなわち有情《うじょう》（サットヴァ）、の上」にあり「つきつめて言えば、人間の生そのものの上」にあるとされる（櫻部《さくらべ》建《はじめ》「無常の弁証」『存在の分析〈アビダルマ〉』角川文庫ソフィア仏教の思想2、一九九六、所収）。

『唯識三十頌』の著者でもある世親（ヴァスバンドゥ）によって書かれた（別人の説もあり）、アビダルマの中心的な学説である『倶舎論《くしゃろん》』においては、「業」によって欲界、色界、無色界の「三界」を輪廻する人間の宿命と、そこからの解脱の道が説かれている。アビダルマの思想においては、「有情の行為」すなわち業によって、人間の行為とその結果が結びつけられるとされ、その因果性は俗に「因果応報」と呼ばれているものに近い。

唯識の転生においては、人間の行為は「種子《しゅうじ》」としてアーラヤ識に蓄えられ、「業種子」の作用によって次代の生に影響を与えつつ顕現するのであったが、アーラヤ識を想定しないアビダルマにおいては、〈因—果〉の連関は人間の生の時間において、より直線的に現われるとされる。三島が参照した上田《うえだ》義文《よしふみ》の『仏教における業の思想』（あそか書林、一九五七）

でも、部派仏教（アビダルマ）においては「存在のもつ時間性が直線的な連続として捉へられた」と述べられている。

『天人五衰』で繰り返される、行為とその結果の応報的な照応は、明らかに三島がこのアビダルマの「業」の思想を意識的に盛り込んだ所産にほかならない。

それを端的に示しているものが、表題の「天人五衰」という言葉である。「八」章で「天人命終の時に現はれる五種の衰相」を指すと記されたこの観念は、『阿含教《あごんきょう》』や『大毘婆沙論《だいびばしゃろん》』に依りつつ紹介されるが、とりわけ後者では「小の五衰」「大の五衰」の二種を挙げて詳細に説明される。

その逐一はここで述べないが、より本質的とされる「大の五衰」の相では、「その一は、浄らかだつた衣服が垢にまみれ、その二は、頭上の華がかつては盛りであつたのが今は萎み、その三は、両腋窩《えきか》から汗が流れ、その四は、身体がいまはしい臭気を放ち、その五は、本座に安住することを楽しまない」とされる。

そしてここで「天人五衰」の説明に依拠されている『大毘婆沙論』は、『倶舎論』とともにアビダルマの中心的な教説として位置づけられているのである。一方『天人五衰』における唯識への言及はわずかで、透が勝手に庭の百日紅《さるすべり》の木を伐り倒してしまったのを見て、

「前の庭とはまるでちがつてしまつたその新らしい庭を作つたのは、他ならぬ阿頼耶識にちがひない」という記述が見られるにとどまる。

アーラヤ識を想定しないアビダルマの観念を下敷きとする表題と展開の着想を『天人五衰』がもつことは、次第に悲観的な眼差しが注がれるようになった、アーラヤ識に仮託される霊魂の継承が、ここに至って完全に否定されていることを物語っている。それは三島が尊重してきた、天照大神《アマテラスオオミカミ》から今上天皇に至る天皇の連続性への否認へとつながっていくことにもなるのである。

聡子が清顕の記憶をもたないのはなぜか

また『豊饒の海』における輪廻転生が、自壊的な烈しさをはらんだ霊魂の継承のいいかえであったために、当然『天人五衰』ではそうした情念的行動を示す人物は存在しない。逆にここでは、憑依していた魂や精神が脱落したような姿を見せる人物が現われている。

それが本多が最後に奈良の月修寺で再会する聡子である。聡子は六〇年以上を経て再会した本多に対して、清顕という人物を一切知らないと語り、彼を茫然とさせる。

もちろん聡子は転生者として語られていたわけではないが、清顕の恋の相手として、その情念を彼と分けもっていた。その過程で次第に彼女自身が情念の烈しさに摑まれるようになる。勅許後の交わりで清顕の子供を妊娠していることが分かった段階で、事の重大さを諭《さと》す下女の蓼科に対して聡子は「私は牢に入りたいのです」と言い放ち、「女の囚人はどんな着物を着るのでせうか。さうなつても清様が好いて下さるかどうかを知りたいの」とつづけるのである。

ここでは聡子自身が清顕に劣らぬ烈しさをもった自壊的な情念のなかに入り込んでおり、大阪で堕胎手術を受けた後で、奈良で出家してしまうのも、冷静な判断というよりも、その連続のなかでおこなわれた情念的行動としての性格の方が強いだろう。

しかし『サド侯爵夫人』（一九六五）のルネの選択がそうであったように、尼寺での出家は現実世界の〈彼岸〉への超出を意味するために、聡子を捉えていた情念はそこで過ごす時間とともに彼女から脱落していったと考えられる。そしてその情念とともに清顕の存在自体が彼女のなかから脱落していったのである。

聡子が本多に語る「その松枝さんのお相手のお方さんは、何やらお人違ひでつしやろ」という言葉は、清顕と恋の情念を共有していた間の聡子が〈別人〉であったことを示唆しているともいえよう。

『豊饒の海』において、転生と憑依が隣接関係にあることは、『暁の寺』においてもすでに示されていた。ジン・ジャンは幼時に清顕や勲の転生者であることを主張していたのだったが、終戦後日本にやって来た彼女はその頃の自分が「鏡のやうな子供」で「人の心のなか」を映し出していただけであり、現在は当時のことを「完全に何もおぼえてゐません」と、聡子とそっくりの否定をおこなうのである。

逆に見れば、聡子の否認は『豊饒の海』における転生のあり方を告げてもいる。それを念頭に置けば、彼女から憑依的な情念が脱落していることと、透が転生者の寿命を超えて生きつづけることが照応する関係にあることは明らかだろう。両者の共鳴のなかで、『豊饒の海』を貫いていたはずの転生の流れが完全に途絶えていることが示唆されるのである。

しかも三島は皮肉な形で、『天人五衰』にも憑依された人物を配している。それは絹江《きぬえ》という醜い狂女で、失恋をきっかけとして自分を絶世の美女と思い込む狂気に陥った彼女を透はなぜか邪険に扱わず、失明後も自分の傍らに置きつづける。

彼女はいわば美女を憑依させた人物だが、この作品における憑依がこうした戯画的な形でしか現われないのも、これまでの主人公たちの間で生起した霊魂の継承、いいかえれば情念の憑依が、ここで消失していることの傍証となっているのである。

当初のプランとは大きく変化した作品の構想

こうした造形のあり方に、三島が作家としてというよりも、むしろ現実への批判者として辿り着いた地点が浮かび上がっている。その批判の度合いは『豊饒の海』の稿を進めるにつれて強度を増し、悲観の色合いを明確にしている。

それは『天人五衰』の構想の変化にも現われている。すなわちこの最終巻の内容は、当初のプランからかなり隔たったものになっているのである。

もともと『豊饒の海』四巻は、それぞれ和魂《にぎみたま》、荒魂《あらみたま》、奇魂《くしみたま》、幸魂《さきみたま》という四つの霊魂の主体が時間的に連なる物語として構想されていた（「『豊饒の海』について」一九六九）。この四種の霊魂の形は、三島がしばしば言及する友清歓真《ともきよよしさね》の『霊学筌蹄《せんてい》』（天行居、一九二一）中の分類によるもので、この神道系の書物が着想の一環をなしていること自体、四部作を貫く転生の観念が、仏教にだけ帰されるものではないことを物語っている。

着想の段階での書き付け（「『豊饒の海』ノート」『新潮』一九七一・一臨増号）によれば、『暁の寺』を受け継ぐ第四巻において、本多が七八歳になって死を迎えようとする時に「十八才の少年現はれ、宛然《えんぜん》、天使の如く、永遠の青春に輝」く姿を見せる。この少年の出現は本多を喜ばせ、彼に「自己の解脱の契機をつか」ませる。そしてそれにつづいて「思へば、この少年、この第一巻よりの少年はアラヤ識の権化、アラヤ識そのもの、本多の種子たるアラヤ識なりし也」と記されている。

この記述からも、四巻の主人公たちをアーラヤ識の化身として眺めてきた本書での把握が、作者の企図に沿うものであったことが確かめられる。

この第四巻の主人公が本多を「解脱」に導くという着想は、「四魂」の最後が「幸魂」であることから、とりあえず形式的に考えられたものであったかもしれない。しかし少なくとも第三巻までを書き進めていく段階では、四部作の最終的な帰結が、物語の基軸としての輪廻転生を転倒させる形を取ることは予期されていなかったはずである。

実際に書かれた『天人五衰』は、こうした「幸魂」の具現とは対照的な陰惨さを漂わせるものとなった。この当初の着想を三島が書き付けたのは、井上隆史《いのうえたかし》が推察する(『三島由紀夫幻の遺作を読む——もう一つの『豊饒の海』』光文社新書、二〇一〇)ように、『暁の寺』が『新潮』に連載中であった一九六九(昭和四十四)年の前半であったと考えられる。

したがって、この時点から『天人五衰』が起筆される一九七〇(昭和四十五)年五月までの間に基本的な構想の変更がなされ、主人公の少年を「アラヤ識の権化」の対極的な存在とするプランが作られたことになる。

『天人五衰』のための創作ノート（新版全集所収）を見ても、プランが練り上げられた後半部分で姿を現わす透に相当する主人公は「悪魔のやうな少年」と規定され、「心が冷たく、涙もない、ナルシスト」という、ほぼ作品どおりの輪郭が示される一方、彼をアーラヤ識と結びつける記述はまったくされていないのである。

国際反戦デーに対する三島の期待と冷静な予測

この大きな構想の変更をもたらし、三島を自決へと導く契機となったものが、多くの論者が問題化する一九六九（昭和四十四）年十月二十一日の国際反戦デーにおける騒乱と、それに対する機動隊による鎮圧である。

この日を国家権力との直接対決の機会と見定めた新左翼各派の活動家たちは、反戦を掲げて大規模なデモ隊を組織し、山手線をはじめとする都内の電車を運転停止に追い込むなどの騒乱を起こした。新宿駅では火焔ビンの投げ込みによって猛火が上がり、その状況から警察当局は騒乱罪の適用によって鎮圧に乗り出した。

デモ隊は騒乱が集約されていった新宿を中心として機動隊と衝突した。しかし機動隊の鎮圧の力に、デモ隊はまったく抵抗することができず、バリケードはただちに撤去され、抵抗者は次々と検挙された。検挙者は一五〇〇名以上にのぼり、首都の治安が危機に晒される事態には至らなかった。

三島は「檄」のなかでこの事件にかなりの量の言葉を充てている。デモが「圧倒的な警察力の下に不発に終つた」のを見て、三島は「「これで憲法は変らない」と痛恨した」のであり、「政府は政体維持のためには、何ら憲法と抵触しない警察力だけで乗り切る自信を得、国の根本問題に対して頬つかぶりをつづける自信を得た」という確信に達したようである。その点でこの日は「自衛隊にとっては悲劇の日」であり、三島が待望した「憲法改正は政治的プログラムから除外され、相共に議会主義政党を主張する自民党と共産党が非議会主義的方法の可能性を晴れ晴れと払拭した日」となったのだった。

ここで語られる「痛恨」は、三島が国際反戦デーに期待するものが大きかったことを物語っている。

自衛官として三島と知己があり、三島の私兵組織「楯の会」の訓練も受けもったことのある山本舜勝《やまもときよかつ》の『自衛隊「影の部隊」——三島由紀夫を殺した真実の告白』（講談社、二〇〇一）によれば、三島はこの日「新宿でデモ隊が騒乱状態を起こし、治安出動が必至となったとき、まず三島と「楯の会」が身を挺してデモ隊を排除」し、次いで「自衛隊主力が出動

1969年10月21日、国際反戦デーで衝突する学生と機動隊
（提供　朝日新聞社）

し、戒厳令的状態下で首都の治安を回復する」ことを目指すが、「万一、デモ隊が皇居に侵入した場合」には、楯の会の会員がそれを「断固阻止」するという展開を描いていた。

その「万一」の場合には三島はデモ隊員を殺傷した責任を取って切腹するはずであり、現に三島は隊員たちを赤坂に集結させていた。しかし現実の事態は、そのはるか手前で収束されてしまったのであり、これによって憲法改正の可能性も、「楯の会」の存在意義も当面消失したという認識を三島は抱くことになった。

もっともデモ隊が皇居に侵入するといった「万一」の事態が起こることは現実には考え

難く、三島自身もその確率を低く見積もっていたはずである。それは自決の当日、市ヶ谷駐屯地の自衛隊員に決起を呼びかけながら、それに応じる者がいないことを三島が予想していたであろうことと同様である。

国際反戦デーで楯の会がデモ隊と衝突し、三島がそれに対する責任を取ることになれば、執筆中であった『暁の寺』は途絶えることになるが、結局そうした事態は起こらず、翌七〇(昭和四十五)年二月に脱稿している。自決の日の呼びかけが、その虚しさを確認するための行為であったように、国際反戦デーにおける楯の会の動員も、それが空振りに終わることを見越しての備えであったとも考えられる。

現実を転倒させるような行為を描きつつ、その実際的な効果や可能性を冷静に見計らうことができたのが三島の少年期からの性癖であったが、その助けもあって三島は作家としての仕事を中絶させることなく、一九七〇年十一月二十五日の自決にまで到達することになったといえるだろう。

新たな終着点を求めて

この騒乱の日に自身の生を終決させるとともに、憲法改正による日本の変革をもたらすというわずかな可能性が消えたことで、三島は生の新たな終着点を求めることになる。

山本舜勝は先の著書で、その後の三島の振る舞いから「はっきりしているのは、三島が一〇・二一をもってクーデターを断念したということであろう」と述べている。

また雑誌記者として三島に接触のあった徳岡孝夫《とくおかたかお》は、政財界の支援や自衛隊の協力が得られなくなり、「日本をその規模によって震撼せしめるような活動は、もはや不可能という見極めがついた。クーデターなどは、狙っても失敗するに決まっている。残る道は、信頼のおける楯の会会員による象徴的な決起行動イコール自決のほかにない」（『五衰の人——三島由紀夫私記』文藝春秋、一九九六）という地点に、国際反戦デーが三島を追い込んだという見方を示している。

こうした見解はやや結果論的な面もあるものの、それ自体としては妥当であろう。その場合あらためて問題となるのは、戦後社会の変革のために身を挺するという企図が叶わなくなった時点で、三島が自身の生の帰結点としてなぜ翌七〇年十一月二十五日という日を選び取ったのかということである。

井上隆史は十一月二十五日が、一九四八（昭和二十三）年から翌年にかけて書き下ろされた『仮面の告白』（一九四九）の起稿の日として想定されていたことを挙げ、その二二年後の同じ日に自決したことに着目している（『三島由紀夫　幻の遺作を読む』）。

それはこの作品の執筆が三島にとって比喩的な「自殺」として意識されていたことから、自決との照応関係が成立するという見方だが、〈異常性愛者〉の仮面を着けた自己を押し出そうとするこの作品は、当然〈文人〉としての意識によって書かれており、〈武人〉として死のうとした三島が、なぜあえてこの作品の起稿に合わせて命を閉じなくてはならないのかという疑問を抱かせる。

また第三章で見たように、三島の自決の起点は一九五五（昭和三十）年頃に明確になってくる、経済発展と背中合わせのように政治的な対米従属が進み、精神的、文化的な固有性を希薄にしていく戦後日本への憤りに求められた。一九七〇年十一月の行為がその帰結であれば、その日付はやはりその脈絡のなかで割り出されてきたものと考えるべきであろう。

その時に視野に置くべきものが、一九六五（昭和四十）年頃から作品に垣間見られるようになる、昭和天皇への否定の眼差しである。この章の冒頭に述べたように、戦後日本の「象徴」として批判の矛先が向けられる相手であった昭和天皇は、この頃から記号的存在という以上の個別性を帯びた次元で、三島の指弾の対象とされるようになる。

これまでの章でも引用してきたように、晩年の討論会や対談で三島は「ぼくは、むしろ天皇個人にたいして反感をもっているんです」（古林尚との対談「三島由紀夫　最後の言葉」一九七〇）といった、天皇への否定的な発言をしばしばおこなっている。そうした意識を考慮すれば、三島の自決が戦後日本への批判と昭和天皇への否認の両方を含んだものであったことが察せられる。

このうち前者についてはいうまでもないとして、後者を示唆しているものが、決起の日に配布された「檄」のなかの言葉である。ここに連ねられた激越な言葉のなかに、自決の日が十一月二十五日に見定められた鍵が潜んでいる。

三島と磯部《いそべ》浅一《あさいち》が〈待って〉いたもの

自衛隊市ヶ谷駐屯地のバルコニーでの演説と同内容の「檄」において、三島は「経済的繁栄にうつつを抜かし、国の大本を忘れ、国民精神を失ひ、本を正さずして末に走り、その場しのぎと偽善に陥り、自ら魂の空白状態へ落ち込んでゆく」戦後日本への憎悪を露わにした上で、その戦後日本を守るべき自衛隊への憤懣《ふんまん》をぶちまけていた。

とりわけ焦点となっているのが、国際反戦デーの収束のされ方に対する失望であったが、この事件によって自衛隊が日本を守る責務を積極的に担うことなく、「永遠にアメリカの傭兵として終るであらう」という悲観的な見通しを与えられたことが語られている。

そして三島は「われわれは四年待つた。最後の一年は熱烈に待つた。もう待てぬ。自ら冒瀆する者を待つわけには行かぬ」という認識を示した上で、「われわれは至純の魂を持つ諸君が、一個の男子、真の武士として蘇へることを熱望するあまり、この挙に出たのである」という文句で「檄」を締めくくっている。

この「檄」において見逃せないのは、繰り返しによって強調された「待つ」という姿勢である。この姿勢は三島が二・二六事件とその中心人物の一人であった、磯部浅一に見出していたものでもあるからだ。

『「道義的革命」の論理——磯部一等主計の遺稿について』(一九六七)で三島は、二・二六事件を「「大御心に待つ」ことに重きを置いた革命」であると把握し、その性格を「磯部ほど象徴的に体現してゐる人物はなく、そこに指導者としての磯部を配したのは、神の摂理とさへ思はれるのである」とつづけている。

『英霊の声』でも示されているように、三島が描いた二・二六事件は、青年将校たちが効果的な戦略をもたずに決起し、その決起自体に天皇が促されて親政に立ち上がることを期待する行動であった。その点で、二・二六事件は紛れもなくテロリズムの行動でありながら、そ

磯部浅一（1905～1937）　（提供　朝日新聞社）

れに対する天皇の理解と好意的な決断を「待つ」という受動性をはらんでおり、そこに三島はこの事件の本質を見ようとしていた。

　現実には将校たちの期待は叶えられず、裁判を経て彼らは処刑されることになる。決起した将校たちのなかでも、処刑まで一年半を獄中で過ごすことになった磯部浅一は、一五人の同志が処刑された一九三六（昭和十一）年八月以降は天皇への怒りを募らせ、「天皇陛下　何と云ふ御失政で御座りますか、何故奸臣を遠ざけて忠烈無《む》雙《そう》の士を御召し下さりませぬか（八月一四日）」「今の私は怒髪天をつくの怒にもえてゐます、私は今は、陛下をお叱り申上げるところに迄、精神が高まりました、だから毎日朝から晩迄、陛下を御叱り申して居ります／天皇陛下　何と云ふ御失政でありますか、なんと云ふザマです、皇祖皇宗に御あやまりなされませ（八月二八日）」といった、天皇を叱咤する言葉を手記に書き連ねるようになる（／は段落替え、河野司編『二・二六事件』日本週報社、一九五七、所収）。

手記に表明された磯部自身の願望はもちろん、三島が描くような、天皇の親政への着手といったことではなく、昭和天皇が自分たちが決起に込めた誠心を理解し、同志を処刑しないように取りはからうことにあった。それを磯部は〈待って〉いたのだったが、その期待を砕くように処刑が執行されたことが、磯部の怒りに火をつけているのである。

「神様」になる覚悟

事件直後から指摘されていたように、三島が楯の会を率いた自身の決起を、二・二六事件と重ね合わせていたことは疑いない。

そうであれば、三島がとりわけ強い関心と共感を抱く磯部浅一の心境に、自身の内面をなぞらえていた可能性もきわめて高いといえるだろう。現に『英霊の声』で霊媒者に降り立つ二・二六事件の決起者の霊は、磯部をモデルにしていた。

たとえばこの作品で、事件の日の将校たちの行動を耳にした天皇が口にする「日本もロシヤのやうになりましたね」という言葉は、磯部の獄中手記からそのまま取られている。

ここでは「「日本もロシヤの様になりましたね」とは将《はた》して如何なる御聖旨か俄かにわかりかねますが、何でもウハサによると、青年将校の思想行動がロシヤ革命当時のそれであると言ふ意味らしいとのことをソク聞した時には、神も仏もないものかと思ひ、神仏をうらみました」と記されているが、処刑までの一年半という時間を獄中で過ごす間に、磯部はこうした決起に対する天皇の反応を「ウハサ」として「ソク聞」しつつ、天皇への怒りと憤りを強めていったのであろう。

この磯部の憤りを憑依させるように、三島も戦後の日本社会に対してだけでなく、昭和天皇個人に対して否定的な感情を高めていくことになった。したがって、「檄」に記された「待つ」という姿勢は、磯部が天皇に対して抱いた感情を自衛隊に振り向けたものにほかならず、いわば自衛隊を仮の相手として、そこに天皇に対する否定を潜り込ませた表現であったと見られるのである。

そのように考えると、磯部の内面との重なりとズレから、自決に込められた三島の思いを探ることができる。すなわち、磯部が天皇への叱咤を書き付けるのは、強い期待に反して同志の処刑を天皇が止めようとしなかったことへの失望からであったが、三島が磯部の獄中手記から汲み取ったものは、もう少し自身に引き付けた精神であった。三島は『「道義的革命」の論理』で磯部の手記から次のような箇所を引用している。

今や日本は危機だ。日本の国土、人民が危機だと云ふのみでは（ない）、余の云ふ日本の危機とは日本の正義の事だ。神州天地正大の気が危機に瀕してゐると云ふのだ。日本の天地から神州の正気が去つたら、日本は亡びるのだ。神々は何をしてゐるのだ。

（傍点原引用文）

ここに記された磯部の憤りは、三島が六〇年代末の日本に抱いたものとほとんど同一であり、ここからも磯部への同一化がうかがわれる。そしてこれにつづいて引用された記述は「余は神様などにたのんで見た所でなか〳〵云ふことをきいて下さりさうにもないから、自分が神様になつて所信を貫くことにした」（傍点原引用文）という文で閉じられている。

この傍点によって強調された磯部の思いが、「待つ」姿勢とともに三島を自決に赴かせる動機として取り込まれていると考えられる。もちろん三島が昭和天皇の何らかの主体的な行動を〈待って〉いたわけではないだろう。三島は磯部が天皇に対して抱いていた「待つ」思いを自衛隊に振り向け、それが叶えられないという認識から「自分が神様になつて所信を貫く」という磯部の覚悟を、自分自身に当てはめているのである。

さらに、天皇に向けられた磯部の憤りへの憑依的な合一化が、それに拍車をかけている。この微妙な読み替えをはらんだ磯部の内面の取り込みによって、三島の自決は警世の声を響かせるとともに、昭和天皇に取って代わり「自分が神様にな」る行為としての意味を帯びることになるのである。

この〈神になる〉ことへの志向は、『奔馬』の飯沼勲が先行者として自己を重ね合わせようとする神風連に、三島が見出していたものでもある。

三島は林房雄との対談（『対話・日本人論』番町書房、一九六六）で「神風連の目的」が「昇天すること、天に昇ることです。神になることです」と語っている。また同じ対談で、三島は藤原定家を主人公として「人間がどうやって神になるか」という主題を追求する作品を書くつもりであるとも語っている。

この対談は『春の雪』の執筆の時期に当たる一九六六（昭和四十一）年にされているが、『豊饒の海』を書き進めつつ、「神になる」という主題が三島の内で醸成されていたことをうかがわせる。

〈勝利〉した三島由紀夫

第一章で取り上げたように、松本健一は『三島由紀夫 亡命伝説』（河出書房新社、一九八七）で、島田雅彦との対談（『新潮』一九八六・八）における、三島が「本当は宮中で天皇を殺して死にたかった」という磯田光一の発言を踏まえて、「三島は「戦後の現存する天皇を殺す」などということはとうてい不可能だから、観念のうちでその抹殺を行ない、そうしてじぶんだけの「美しい天皇」を抱きしめ、その「美しい天皇」の歌をもはや誰にも歌わせまいとして、一人あの世へと走り去ってしまったのではないか」という解釈をおこなっている。

この松本の解釈は妥当であり、本書も基本的にこの図式の上に論を展開してきている。しかし三島の自決は単に「美しい天皇」を抱きしめ」て、「あの世へと走り去ってしまった」というにとどまらない過剰性をはらんでいる。

松本は『三島由紀夫の二・二六事件』（文春文庫、二〇〇五）では、一九七五（昭和五十）年に、昭和天皇が二・二六事件の将校たちを煽動した真崎甚三郎《まさきじんざぶろう》大将の息子である人物を、エリザベス女王との会見での通訳としたことについて、昭和天皇は三島の描く「美しい天皇」の像を斥《しりぞ》けた「畏《おそ》るべき」政治的存在であり、その天皇に三島は「敗れ去った」と述べている。

しかし一九七〇年十一月二十五日に、決起の呼びかけに無視と怒号で迎えられながら、〈勝利〉を得たのは三島由紀夫であった。自衛隊員たちへの決起の促しが成就しないことは初めから計算ずみであり、それを契機として自決することによって、三島はこの日の目論見を全うすることができたのである。

三島が企図したのは、自衛隊に託して戦後日本への憎悪を表現するとともに、みずからの命を絶つことによって、「天皇霊」の連続性に自身の霊魂を連ねることであった。それは昭和天皇の〈神性〉を最終的に否定し、昭和天皇に自身が取って代わることである点で、〈天皇殺し〉としての意味をもつ行為にほかならない。

それを示唆しているのが、十一月二十五日という日付である。この日は一九二一（大正十）年に昭和天皇が、病を重くしていた大正天皇に代わり、摂政《せっしょう》として政務を執ることになった日に相当している。

三島の自決の日を、昭和天皇が摂政に就任した日と結びつける見方としては、安藤武《あんどうたけし》

『三島由紀夫の生涯』（夏目書房、一九九八）という先行論がある。ここで安藤は、三島が「永遠の生を得る」ために自身を〈神〉としようとし、そのために天皇が人間となった日に時間を巻き戻そうとしたという見方を取っている。

それは天皇が「人間宣言」をした一九四六（昭和二十一）年一月一日になるが、その日天皇は自決時の三島と同じ〈四五歳〉であった。そこから「四五歳という年齢で入れ替われば神を継続できる。（中略）天皇として神の継承者となったのは、大正十年一一月二五日の二〇歳を迎えたときであった。神としての在位は二五年間であった」（傍点原文）と述べられている。

昭和天皇が二〇歳の時に「天皇」であったというのは不正確な書き方だが、安藤が提示する自決の日への解釈はきわめて興味深い。一九六〇年代後半の三島の言動から、その日が何らかの形で昭和天皇の軌跡と関連づけられているであろうことは容易に推察されるからである。

しかし、三島が〈神〉として「永遠の生」を得ようとしたのであれば、とくに昭和天皇が〈神〉でなくなった年齢や、彼が摂政になった日に自分の最期を合わせる必要はなかったともいえよう。

平田篤胤の『霊《たま》の真柱《みはしら》』で、人間が「死にて幽冥に帰《おもむ》きては、その霊魂やがて神にて」と述べられるように、三島が則《のっと》ろうとした神道的な思想においては、霊魂はそのまま〈神〉となりうる。現に三島の『英霊の声』でも、二・二六事件や特攻隊の死者たちの霊は「兄神」「弟神」と称されていた。

つまり自身を〈神〉として永遠化するためだけであれば、自決の行為自体でそれは成就されるはずである。昭和天皇との関わりはむしろそこに加わってくる余剰の要素、すなわち〈天皇を殺す〉という主題から生まれてくるものであると考えるべきであろう。

十一月二十五日という日付に込められた願い

ここであらためて一九二一（大正十）年十一月二十五日における、当時皇太子（東宮）であった裕仁《ひろひと》（昭和天皇）の摂政就任について眺めると、翌日の新聞に「御容貌御気質に明治大帝に似通ひ給ふ東宮殿下が摂政の大任を帯ばれ国家は泰山の安きに置かれると云ふので安堵の歓びが湧いてくる」（『読売新聞』一九二一・一一・二六）と報じられたように歓迎され、裕仁はその年におこなった欧州外遊での颯爽《さっそう》とした振る舞いを引き継ぎつつ、若き為政者として人気を博した。

裕仁が大嘗祭を含む即位の大礼に臨んだのは、一九二八（昭和三）年十一月であり、それから七年後のことであった。ちなみにこの際「天皇霊」の継承の儀式としての大嘗祭は十一月十四日から十五日にかけておこなわれている。したがって一九二一年十一月二十五日の時点においては裕仁は当然まだ正式にその継承者とはなっていない。

しかしこの日以降、裕仁は皇太子としての研鑽《けんさん》をつづける一方で、事実上天皇としての責務も担うことになった。皇室と国民との距離を縮めるための宮中改革に取り組み、一九二三（大正十二）年九月の関東大震災時には被災地を視察し、自身の婚礼を延期する配慮を示すなどして、国民の信望を高めた。

こうした流れのなかで、裕仁が〈天皇〉の位置についたのはやはり一九二一年十一月二十五日という日であったといってさしつかえないだろう。三島が一九七〇年のこの日にみずから命を絶つことは、それ自体「神になる」行為であったことに加えて、四九年前の同じ日に事実上〈神〉となった昭和天皇を押しのけて、自身が〈神〉の連続性を摑み取る点で、昭和天皇の神性を無化する行為でもあった。〈天皇を殺したい〉という三島の願いは、確かに自決によって象徴的に成就されているのである。

そしてその日が一九七〇年であったことは、安藤武のいうように昭和天皇が〈神〉でなく

摂政時代の昭和天皇。1924 年 11 月、陸軍の演習を視察しているところ
（提供　朝日新聞社）

なった年の年齢に三島が合わせたということも考えられるが、やはりこの年が「七〇年安保」の年だった面の方が大きいだろう。三島の命運を左右することにもなった六九年の国際反戦デーも、七〇年安保に向けた闘争の一環として位置づけられていた。

しかし、反対者と警察の烈しい衝突から死者も出た、一〇年前の「六〇年安保」闘争の際と比べると、条約が自動延長となり、また六〇年代末からの左翼学生による暴力行為に市民が嫌悪感を覚えていたこともあって、七〇年安保闘争は盛り上がりを欠くことになった。結果として七〇年は安保闘争よりも、大阪で開催された万国博覧会に国民の関心が集まる年となった。

こうした状況も、三島にとっては憂うべき趨勢だっただろう。決起を自国の主体性、自律性を守ることよりも、「万博」に象徴される物質的な豊かさを喜ぶ時代への抗議とするには、『天人五衰』を性急に完結させてでも、翌年ではなくこの年に起《た》つべきであった。〈一九七〇年十一月二十五日〉は、まさに時代への抗議と、天皇を否認しつつみずからを〈神〉とするという、二つの命題をともに満たす日だったのである。

『天人五衰』においては転生が受け継がれず、憑依も狂女の上に戯画的にしか現われない。それはとりもなおさず、転生者たちに秘かに託されていた「天皇霊」の継承を、主人公ではなく、三島自身が担おうとしたからであっただろう。作品の末尾に記された「昭和四十五年十一月二十五日」という、四部作の完結と決起の日を結びつける日付は、自身の最期の鍵がこの作品自体にあることの表明にほかならなかった。

また藤原定家を主人公として、人間が「神になる」主題を追求する作品はついに書かれなかった。それは三島自身が「神になる」行為を全うするゆえに、書く必要がなくなったからでもあったに違いないのである。

《三島由紀夫　関連年表》（カッコ内の数字は月数）

年	年齢	三島に関する出来事	日本に関する出来事
一九二五（大正十四）		一月十四日、東京市四谷区（現新宿区）永住町に、父・平岡梓、母・倭文重《しずえ》の長男として生まれる。本名平岡公威《きみたけ》。父梓《あずさ》は農林省の官僚で、退職後は会社社長などを務めた。祖父定太郎《さだたろう》も元官僚で福島県知事、樺太《からふと》庁長官を務めた。母倭文重は元東京開成中学校校長・橋健三の次女。橋家は代々漢学者の家柄であった。	普通選挙法成立（三） ラジオ放送開始（三） 治安維持法公布（四）
一九二六（大正十五・昭和元）	一		大正天皇没、摂政裕仁親王が皇位継承（十二）
一九三一（昭和六）	六	四月　学習院初等科に入学。この頃から創作に興味をもち、詩歌や俳句を作って学習院の雑誌『小ざくら』に掲載された。	柳条溝事件勃発、満州事変へと至る（九）
一九三六（昭和十一）	一一		二・二六事件（二）

《三島由紀夫　関連年表》

一九三七（昭和十二）	一二	三月　学習院初等科を卒業。四月学習院中等科に入学。文芸部に入部。祖母の夏子に連れられて歌舞伎や能を見るようになった。	盧溝橋事件勃発、日中戦争へと至る（七）
一九三八（昭和十三）	一三	三月　学習院の『輔仁会雑誌』に処女作の『酸模《すかんぽ》』『座禅物語』を発表。七月にも同誌に『鈴鹿鈔』を発表した。	国家総動員法公布（四）
一九三九（昭和十四）	一四	『輔仁会雑誌』に三月『東の博士たち』、十一月『館』（未完）を発表。	ノモンハン事件起こる（五）第二次世界大戦始まる（九）
一九四〇（昭和十五）	一五	十一月『輔仁会雑誌』に『彩繪硝子《だみえがらす》』を発表。中等科時代にはラディゲ、ワイルド、リルケなどを愛読した。	日独伊三国同盟成立（九）大政翼賛会発会（十）
一九四一（昭和十六）	一六	学習院の恩師清水文雄の推薦で『花ざかりの森』を『文芸文化』に九月から十二月まで連載した。この時初めて「三島由紀夫」のペンネームを用いた。	米・英・オランダ、日本の在外資産を凍結（七）真珠湾攻撃により日米開戦（十二）
一九四二（昭和十七）	一七	三月　学習院中等科を卒業。四月　学習院高等科に入学。文芸部員となった。この頃から清水だけでなく	日本軍シンガポールを占領（二）

		蓮田善明《はすだぜんめい》、栗山理一《りいち》ら『文芸文化』の同人と交わりをもった。『みのもの月』（『文芸文化』十一）『玉刻春』（『輔仁会雑誌』十二）を発表。	ミッドウェー海戦（六） 米軍ガダルカナル島に上陸（八）
一九四四（昭和十九）	一九	五月 本籍のあった兵庫県印南郡志方村で徴兵検査を受け、第二乙種で合格。七月 舞鶴で海軍機関学校の訓練に参加。八月から翌月にかけて沼津の海軍工廠《こうしょう》で勤労動員。九月 学習院高等科を首席で卒業し、昭和天皇より銀時計を拝受した。十月 東京帝国大学法学部に推薦入学。同月勤労動員で群馬県中島飛行機小泉工場に行く。『夜の車』（『文芸文化』八）を発表。十月 処女小説集『花ざかりの森』（七丈書院）を刊行。	大都市に疎開命令（一） 国民総決起運動始まる（五） サイパン島玉砕（六） グアム島玉砕（七） 神風特攻隊編成（十）
一九四五（昭和二十）	二〇	二月 入隊検査の際に軍医に肺浸潤と誤診され、即日帰郷となった。五月 勤労動員で神奈川県海軍高《こう》座《ざ》工廠の寮に入る。八月 発熱のため一時滞在していた豪徳寺《ごうとくじ》の親戚の家で敗戦を知る。十月 最愛の妹美津子が腸チフスで死去した。『中世』（第一部、『文芸世紀』二）『エスガイの狩』（『文芸』六）など	東京大空襲（三） 沖縄戦（四） 広島・長崎に原子爆弾投下、ポツダム宣言を受諾し、終戦（八） 降伏文書に調印（九）

《三島由紀夫　関連年表》

		を発表。	
一九四六（昭和二十一）	二一	六月 川端康成の推薦で『煙草』を『人間』に発表したが、反響はなかった。他に『中世』（第三部、『文芸世紀』一、第二部は未発表）『岬にての物語』（『群像』十一）を発表。	第一次農地改革実施（二） 新選挙法による初の総選挙（四） 財閥解体決定（九） 日本国憲法公布（十一）
一九四七（昭和二十二）	二二	十一月 東京大学法学部を卒業。十二月 高等文官試験行政科に合格、大蔵省銀行局国民貯蓄課に勤める。『軽王子《かるのみこ》と衣通姫《そとおりひめ》』（『群像』四）『夜の仕度《したく》』（『人間』八）などを発表。	衆参両院選挙で日本社会党が第一党となる（四） 独占禁止法公布（四） 日本国憲法施行（五）
一九四八（昭和二十三）	二三	創作に専念する決意をし、九月 大蔵省を辞職する。十一月『仮面の告白』を起稿する。『サーカス』（『進路』一）『殉教』（『丹頂』四）『火宅』（『人間』十二）などを発表。十一月 最初の長篇小説『盗賊』（真光社）を刊行した。	太宰治が自殺（六） 昭電疑獄で芦田前首相逮捕（十二） GHQが経済安定九原則を発表（十二）
一九四九（昭和二十四）	二四	『大臣』（『新潮』一）『恋重荷《こいのおもに》』（『群像』一）『燈台』（『文学界』五）『怪物』（『別冊文藝春秋』十二）な	ドッジ・ライン発表（三） 下山事件、三鷹事件（七）

		どを発表。七月書き下ろし長篇『仮面の告白』（河出書房）を刊行し、新進作家として注目される。	松川事件（八） 湯川秀樹がノーベル賞受賞（十一）
一九五〇（昭和二十五）	二五	『純白の夜』（『婦人公論』一〜十）『青の時代』（『新潮』七〜十二）などを発表。『愛の渇き』（新潮社、六）を書き下ろしで刊行。	朝鮮戦争勃発（六） 鹿苑寺金閣が焼亡（七） 警察予備隊設置（八）
一九五一（昭和二十六）	二六	十二月から翌年五月にかけて、朝日新聞者特別通信員の資格で世界旅行に赴き、アメリカ、ブラジル、フランス、ギリシャ、イタリアなどを訪れる。『夏子の冒険』（『週刊朝日』八〜十二）『禁色』（第一部『群像』一〜十）などを発表。	マッカーサーが解任される（四） サンフランシスコ講和会議、対日平和条約・日米安全保障条約調印（九）
一九五二（昭和二十七）	二七	五月 世界旅行より帰国。『卒都婆小町』（『群像』一）『秘楽』（『禁色』第二部）『文学界』八〜五三年八）『真夏の死』（『新潮』十）などを発表。『アポロの杯』（朝日新聞社、十）を刊行。	日米行政協定調印（二） 対日平和条約・日米安全保障条約発効（四） 血のメーデー事件（五）
一九五三（昭和二十八）	二八	三月『潮騒』の取材で三重県鳥羽の神島を訪れる。 七月『三島由紀夫作品集』全六巻を新潮社より刊行	NHKテレビ放送開始（二） 朝鮮戦争休戦協定調印（七）

		開始し、翌年四月に完結。『江口初女覚書《えぐちはつじょ》』（『別冊文藝春秋』四）『ラディゲの死』（『中央公論増刊号』十）などを発表。『夜の向日葵』（講談社、六）などを刊行。	民間テレビ放送開始（八）自由民主党結成（十一）
一九五四（昭和二十九）	二九	『葵上』（『新潮』一）『若人よ蘇れ』（『群像』六）『鍵のかかる部屋』（『新潮』七）『志賀寺上人の恋』（『文藝春秋』十）などを発表。『潮騒』（新潮社、六）『文学的人生論』（河出書房、十一）などを刊行。十二月『潮騒』により第一回新潮社文学賞を受賞。	ビキニで第五福竜丸水爆被災（三）日米相互防衛援助協定（MSA）調印（三）自衛隊法・防衛庁設置法成立（六）日本民主党結成（十一）
一九五五（昭和三十）	三〇	九月 ボディビルの練習を始める。『海と夕焼』（『群像』一）『沈める滝』（『中央公論』一〜四）『熊野』（『三田文学』五）『白蟻の巣』（『文芸』九）などを発表。『小説家の休暇』（講談社、十一）などを刊行。十二月『白蟻の巣』により第二回岸田戯曲賞を受賞。	石原慎太郎『太陽の季節』が芥川賞受賞（七）保守合同、自由民主党結成（十一）＊太陽族ブーム起こる。
一九五六	三一	『金閣寺』（『新潮』一〜十）『永すぎた春』（『婦人倶	経済白書「もはや戦後ではな

（昭和三十一）		楽部』一～十二）『鹿鳴館』（『文学界』十二）などを発表。『近代能楽集』（新潮社、四）『亀は兎に追ひつくか』（村山書店、十）などを刊行。	い」（七）砂川基地闘争が激化（十）日本が国連に加盟（十二）
一九五七（昭和三十二）	三二	七月 クノップ社の招きで渡米し、ミシガン大学で講演をおこなう。『わが思春期』（『明星』一～九）『ブリタニキュス』（『新劇』四）『現代小説は古典たり得るか』（『新潮』六～八）『朝の躑躅《つつじ》』（『文学界』七）などを発表。『三島由紀夫選集』（全一九巻）を新潮社より刊行開始（一九五九年七月完結）。一月『金閣寺』により第八回読売文学賞を受賞。	岸首相渡米し、日米共同声明（六）日本が国連安全保障理事会の非常任理事国に選出される（十）日ソ通商条約締結（十二）
一九五八（昭和三十三）	三三	三月 ボクシングの練習を始める。六月一日 川端康成の媒酌により日本画家杉山寧《やすし》の長女瑶子《ようこ》と挙式、本籍を兵庫県から東京都目黒区に移す。またこの頃から剣道の練習を始める。十月大岡昇平、中村光夫、吉田健一らと季刊誌『声』を創刊。『不道徳教育講座』（『週刊明星』七～五九年十一）『むすめごのみ帯取池』（『日本』十二）などを発表。	在日米軍陸上戦闘部隊が撤退完了（二）第四次日中貿易協定調印（三）日韓全面会談開始（四）＊ミッチーブーム起こる。
一九五九	三四	九月 大田区馬込《まごめ》に竣工した新居に転居する。『熊	皇太子成婚（四）

(昭和三十四)		野』(『声』四)『女は占領されない』(『声』十)などを発表。九月 前年一月に起稿していた『鏡子の家』を新潮社より書き下ろしで刊行したが、不評に終わる。他に『文章読本』(中央公論社、六)『裸体と衣裳』(新潮社、十一)などを刊行。	防衛二法案成立(五) 安保改定阻止統一行動、国会構内に乱入(十一)
一九六〇 (昭和三十五)	三五	十一月 夫人同伴で翌年一月まで世界一周旅行に赴き、アメリカ、ポルトガル、スペイン、フランス、ドイツ、イギリス、イタリア、ギリシャなどを訪れる。『宴《うたげ》のあと』(『中央公論』一〜十)『弱法師《よろぼし》』(『声』七)などを発表。	新安保条約調印(一) 自民党、新安保条約を単独可決(五) 浅沼稲次郎《いねじろう》社会党委員長が刺殺される(十)
一九六一 (昭和三十六)	三六	三月『宴のあと』がモデル問題を起こし、元外相有田八郎よりプライヴァシー侵害によって提訴される。九月 渡米し、カリフォルニア大学のシンポジウムに参加。『憂国』(『小説中央公論』一)『獣の戯れ』(『週刊新潮』六〜九)『十日の菊』(『文学界』十二)『黒蜥蜴《くろとかげ》』(『婦人画報』十二)などを発表。『美の襲撃』(講談社、十一)などを刊行。	嶋中事件(二) 防衛二法案改正成立(六) 池田・ケネディ会談(六) 日韓会談再開(十)
一九六二	三七	『美しい星』(『新潮』一〜十一)『愛の疾走』(『婦人	日米関税引き下げ協定調印

(昭和三十七)		倶楽部』一～十二)『源氏供養』(『文芸』三)『谷崎潤一郎論』(『朝日新聞』十)などを発表。『三島由紀夫戯曲全集』(新潮社、三)などを刊行。	(二) 日韓民間貿易議定書に調印(十二)
一九六三 (昭和三十八)	三八	一月 文学座の理事となるが、十月『喜びの琴』が座内の反対で上演中止となったために文学座を脱退する。『私の遍歴時代』(『東京新聞』一～五)『林房雄論』(『新潮』二)『剣』(『新潮』十)などを発表。三月 自身がモデルとなった細《ほそ》江《え》英公《えいこう》写真集『薔薇刑』が集英社より刊行され、話題を呼んだ。他に『午後の曳航』(講談社、九)などを刊行。	日本のOECD加盟が承認される(七) 部分的核実験停止条約調印(八) 日米テレビ中継成功、ケネディ大統領暗殺が伝えられる(十一)
一九六四 (昭和三十九)	三九	一月 劇団NLTを結成し、顧問となる。九月 係争中の『宴のあと』裁判に敗訴し、ただちに控訴する。『絹と明察』(『群像』一～十)『音楽』(『婦人公論』一～十二)『喜びの琴』(『文芸』二)などを発表。十一月『絹と明察』で第六回毎日芸術賞を受賞。	日本がIMF八条国移行(四) 衆参両院が部分的核実験停止条約を承認(五) 東海道新幹線開業(十) 東京オリンピック開催(十)
一九六五 (昭和四十)	四〇	四月『批評』の同人となる。五月から十一月にかけて夫人同伴でアメリカ、ヨーロッパ、東南アジア各地を旅行する。十月 ノーベル賞候補にあげられ	日韓基本条約調印(六) 新潟大教授が新潟県阿賀野川流域で有機水銀中毒発生と正

《三島由紀夫　関連年表》

		る。『三熊野詣』（『新潮』一）『孔雀』（『文学界』二）『反貞女大学』（『産経新聞』二）『春の雪』（『新潮』九〜六七年一）『サド侯爵夫人』（『文芸』十一）『太陽と鉄』（『批評』十一〜六八年六）などを発表。	式発表（六）日本がOECDの常任理事国となる（十二）
一九六六（昭和四十一）	四一	一月『サド公爵夫人』より第二十回芸術祭賞演劇部門を受賞。自身が主演した映画「憂国」がフランス・ツール国際短編映画祭で次点となり、四月にアートシアター系で封切される。三月 皇居内の済寧《さいねい》館《かん》道場に剣道の練習に通い、五月四段に昇進した。『英霊の声』（『文芸』六）『荒野より』（『群像』十）などを発表。『三島由紀夫評論全集』（新潮社、八）『対話・日本人論』（林房雄との対談集、番町書房、十）などを刊行。	佐藤首相沖縄が攻撃された時の自衛隊出動を示唆（三）閣議で新東京国際空港を成田に建設と決定（七）衆議院解散（「黒い霧解散」）（十二）
一九六七（昭和四十二）	四二	四月から五月にかけて、久留米陸上自衛隊幹部候補生学校富士学校に一カ月半の体験入隊をする。九月 インド政府の招きで夫人同伴で取材旅行をおこない、帰途ラオス、タイに立ち寄る。『奔馬』（『新潮』二〜六八年八）『道義的革命』の論理（『文芸』	初の「建国記念日」（二）経済白書「能率と福祉の向上」（七）佐藤・ジョンソン会談、安保・沖縄等の問題に関する日

		三）『朱雀家の滅亡』（『文芸』十）などを発表。『葉隠入門』（光文社、九）『三島由紀夫長篇全集Ⅰ』（新潮社、十二）などを刊行。	米共同声明（十一）
一九六八（昭和四十三）	四三	二月 陸上自衛隊富士学校に祖国防衛隊隊員とともに体験入隊。三月と七月にも同学校に学生約三〇名を引率して体験入隊する。五月劇団浪曼劇場を創立、幹事となる。十月 自衛隊体験入隊学生によって「楯の会」を正式結成。『小説とは何か』（『波』五～七〇年十一）『文化防衛論』（『中央公論』七）『暁の寺』（『新潮』九～七〇年五）『わが友ヒットラー』（『文学界』十二）などを発表。『三島由紀夫長篇全集Ⅱ』（新潮社、二）『三島由紀夫レター教室』（新潮社、七）『太陽と鉄』（講談社、十）などを刊行。	アメリカ原子力空母エンタープライズ佐世保入港（一）反日共系学生が東大安田講堂を占拠し、卒業式が中止（三）国際反戦デーに約三〇万人が参加（十）川端康成がノーベル賞受賞（十）＊各地で学園紛争、ベトナム反戦デモが盛んに起こる。
一九六九（昭和四十四）	四四	二月 陸上自衛隊富士学校に学生四五名と体験入隊。五月 東大全共闘主催の討論集会に参加。十一月「楯の会」結成一周年記念パレードを国立劇場屋上で挙行。『反革命宣言』（『論争ジャーナル』二）	東大の入試中止決定（一）国際反戦デーに全国で八六万人が参加（十）佐藤首相が沖縄返還のため渡

		『癩王のテラス』（『海』七）『行動学入門』（『Ｐｏｃｋｅｔパンチ Oh!』九〜七〇年八）『蘭陵王』（『群像』十一）『椿説弓張月』（『海』十一）などを発表。『討論 三島由紀夫vs東大全共闘』（新潮社、六）などを刊行。	米、日米共同声明（十一）＊沖縄返還闘争・本土復帰運動が昂揚する。学園紛争が激化する。
一九七〇（昭和四十五）	四五	三月、九月、十一月に陸上自衛隊富士学校に学生たちと体験入隊。十一月 東京池袋の東武デパートで「三島由紀夫展」が開催される。十一月二十五日に陸上自衛隊市ヶ谷駐屯地に乱入、東部方面総監室にて自決。『天人五衰』（『新潮』七〜七一年一）『革命哲学としての陽明学』（『諸君！』九）などを発表。『作家論』（中央公論社、十）『尚武のこころ』（対談集、日本教文社、九）『源泉の感情』（対談集、河出書房新社、十）などを刊行。	大阪で日本万国博覧会が開幕（三）赤軍による「よど号」ハイジャック事件（三）日米安保条約が自動延長となる（六）新潟大教授がスモン病の原因をキノホルムと関係づける（九）
一九七一（昭和四十六）		一月 府中市多磨霊園にて遺骨埋葬。築地本願寺にて葬儀。川端康成が葬儀委員長を務める。『三島由紀夫短篇全集』（全六巻、講談社、一〜五）などが刊行された。	沖縄返還協定調印（六）沖縄返還協定反対のゼネストに一〇万人が参加（十一）

あとがき

三島由紀夫は〈武人〉として死んだのだろうか。それとも〈文人〉として死んだのだろうか。以前からそれが気にかかっていた。

近代の作家が遂げた自殺の多くは、創作の行き詰まりや人間関係の軋轢《あつれき》、さらには病苦などが折り重なった苦悩の帰結としてなされたが、それは人生からの否応ない退却である点で〈敗北〉としての色合いを帯びている。

太宰治への否定に見られるように、少なくとも三島にはそのように捉えられていたはずだが、三島の自決は明らかに確信犯的な強さを帯びており、また割腹する青年将校を描く『憂国』をみずからの主演で映画化しているように、その予行演習というべき行為も遂行済みであった。

そこから三島が割腹という行為自体に惹かれ、それを自衛隊市ヶ谷駐屯地という舞台で決行したのだという見方も出されるところだが、それだけでは三島を単なるラディカルなナルシストに帰着させることにもなる。晩年の評論や対談などでの言説に示されているように、その最期はやはり時代と社会への苛烈なメッセージであったといわざるをえない。しかしそれとともに、そこにナルシシズムのしたたかな発露があることも否定しえないのである。

私は三島がまだ生きていた中学生の頃から彼の作品に親しみながら、その自決の意味にさほど強い興味を覚えていなかったが、研究の対象として作品を繰り返し読むようになるうちに、その世界から自決に向かう三島の姿が立ち上がってくるのを禁じえなかった。それは社会への批判を投げかけつつ、一方ではきわめて自己完結的に自分の人生を終わらせてしまったナルシシズムの主体であった。『豊饒の海』四部作の完結と、三島の人生の帰結はあまりに整合性が取れており、意識して仕組まなければそのような合致は生まれえないと思われた。

そこから三島の作品を辿りつつ、その死への傾斜をあぶり出していくと、果たしてそこには現実世界からの離脱、彼岸への超出という経路を浮かび上がってきた。それを軸として読むことは、作品の内容や主題の捉え直しをおこなうことにもつながり、それが本書における一つの狙いとなっている。本書は二〇〇一年に上梓した『三島由紀夫　魅せられる精神』（おうふう）を下敷きにしており、基本的な三島文学への捉え方は変わっていないが、その後の自他の研究を盛り込みつつ自決への軌跡を焦点化している。

『豊饒の海』の完結と自決が重ね合わされているように、結局、三島の死は〈文人〉としての営みと〈武人〉としての営みの収斂地点にほかならなかった。興味深いのは、自決への歩みのなかでみずからが天皇に代わって〈神〉になろうとする志向が次第に明確に現われてくることで、それこそが三島のナルシシズムの向かう先として受け取られた。〈天皇主義者〉であるはずの三島のなかに、天皇を否定し、侵犯しようとする志向が強くあるのは奇妙でもあったが、晩年の三島が生身の昭和天皇を揶揄《やゆ》する発言をしばしばおこなっていることと照応する側面でもある。逆に見れば、そうした発言と三島の自決を結びつける論がこれまでもっと立てられてもよかったともいえるだろう。

本書はその試みにほかならないが、その一方で軽視すべきでないのは、やはり同時代の日本への批判的な眼差しである。私は本新書での前著『村上春樹と夏目漱石——二人の国民作家が描いた〈日本〉』で、この二人の作家の〈日本〉への批判と愛着のないまぜになった表現を概観したが、そのアンビヴァレンスは三島の方が一層著《いちじる》しい。

漱石と春樹にもまして、三島は日本を強く愛しつつ憎んだ作家であり、天皇にとって代わろうとする意志もそこからもたらされていた。日本がすでに経済大国とも文化大国ともいえない、アジアの一辺境国として希釈されつつある昨今の情勢を知れば、三島の失望や慨嘆はどれほどであったかと思われるが、そうした時代に三島の戦後日本に対するメッセージを捉え直すことには意味があるはずである。

ところで三島の描く理念的な天皇の原基的な存在は天照大神《アマテラスオオミカミ》であったが、今年はその天照大神が登場する『古事記』の編纂一三〇〇年に当たる。『古事記』は神々の粗野で高貴な情念の織りなす世界として三島を魅了し、その「みやび」観の起点をなす書であった。その節目の年に本書を出すことで、みずから〈神〉となった三島へのわずかな鎮魂となりえることを祈願したい。

本書の上梓に当たっては再び祥伝社新書編集部の方々にお世話になった。ここにあらためて謝意を表したい。

二〇一二年十月十日

柴田勝二

切りとり線

★読者のみなさまにお願い

この本をお読みになって、どんな感想をお持ちでしょうか。祥伝社のホームページから書評をお送りいただけたら、ありがたく存じます。今後の企画の参考にさせていただきます。また、次ページの原稿用紙を切り取り、左記まで郵送していただいても結構です。

お寄せいただいた書評は、ご了解のうえ新聞・雑誌などを通じて紹介させていただくこともあります。採用の場合は、特製図書カードを差しあげます。

なお、ご記入いただいたお名前、ご住所、ご連絡先等は、書評紹介の事前了解、謝礼のお届け以外の目的で利用することはありません。また、それらの情報を6カ月を超えて保管することもありません。

〒101―8701（お手紙は郵便番号だけで届きます）
祥伝社新書編集部
電話03（3265）2310
祥伝社ホームページ　http://www.shodensha.co.jp/bookreview/

★本書の購買動機（新聞名か雑誌名、あるいは○をつけてください）

＿＿＿＿新聞の広告を見て	＿＿＿＿誌の広告を見て	＿＿＿＿新聞の書評を見て	＿＿＿＿誌の書評を見て	書店で見かけて	知人のすすめで

★100字書評……三島由紀夫　作品に隠された自決への道

名前

住所

年齢

職業

柴田勝二　しばた・しょうじ

東京外国語大学大学院総合国際学研究院教授。博士（文学）。1956年生まれ。1986年、大阪大学文学研究科芸術学専攻単位取得退学。山口大学助教授などを経て現職。専門分野は日本近代文学。著書に『村上春樹と夏目漱石』（祥伝社新書）、『中上健次と村上春樹』（東京外国語大学出版会）、『漱石のなかの〈帝国〉』（翰林書房）、『〈作者〉をめぐる冒険』（新曜社）、『三島由紀夫　魅せられる精神』（おうふう）など。明治・大正期から現代にいたる近代文学を幅広く研究・評論している。

三島由紀夫《みしまゆきお》　作品《さくひん》に隠《かく》された自決《じけつ》への道《みち》

柴田勝二《しばたしょうじ》

2012年11月10日　初版第1刷発行

発行者……………竹内和芳
発行所……………祥伝社《しょうでんしゃ》
〒101-8701　東京都千代田区神田神保町3-3
電話　03(3265)2081(販売部)
電話　03(3265)2310(編集部)
電話　03(3265)3622(業務部)
ホームページ　http://www.shodensha.co.jp/

装丁者……………盛川和洋
印刷所……………萩原印刷
製本所……………ナショナル製本

Printed in Japan　ISBN978-4-396-11300-1　C0295